www.ingramcontent.com/pod-product-compliance
Lightning Source LLC
LaVergne TN
LVHW030217230826
846093LV00011B/501

70
عام البطولة

رواية

السيد محمد واصل: عضو اتحاد الكتاب المصريين. حاصل على ليسانس الألسن -جامعة عين شمس- قسم اللغة الإسبانية. كما حصل من نفس الكلية على ماجستير الترجمة، والدكتوراة في الترجمة، ودبلوم الترجمة التحريرية والفورية. حاصل على الدبلوم الدولي في اللغة الإسبانية Superior Dele، المستوى المتقدم من معهد ثربانتس بمدريد. مدرس ترجمة بجامعة 6 اكتوبر -كلية اللغات والترجمة- قسم اللغة الإسبانية، مدرس منتدب بجامعة الأزهر -كلية اللغات والترجمة- قسم اللغة البرتغالية. ترجم العديد من الكتب الهامة من الإسبانية والبرتغالية. كما شارك في ورش عمل للترجمة بمدرسة طليطلة للترجمة (Escuela de Traductores de Toledo) التابعة لجامعة قشتالة بإسبانيا.

....

70 عام البطولة

طبعة 2024

رقم الإيداع: 2023/13699

الترقيم الدولي: 6-341-821-977-978

الناشر

محمد البعلي

Original title: Setenta

"Obra publicada com o apoio da Fundação Biblioteca Nacional/ Ministério da Cultura e do Instituto Guimarães Rosa do Ministério das Relações Exteriores do Brasil".

"تم نشر العمل بدعم من مؤسسة المكتبة الوطنية / وزارة الثقافة ومعهد غيمارايس روزا التابع لوزارة الشؤون الخارجية في البرازيل".

SEFSAFA PUBLISHING HOUSE

sefsafapr@gmail.com

دار صفصافة للنشر والتوزيع والدراسات

49 شارع المخزن- العمرانية- الجيزة- مصر

هنريكي شنايدر

70
عام البطولة

رواية

ترجمة:

د. السيد محمد واصل

بطاقة فهرسة

إعداد الهيئة العامة لدار الكتب والوثائق القومية،
إدارة الشئون الفنية

شنايدر، هنريكي، ١٩٦٣

٧٠ عام البطولة: رواية/ هنريكي شنايدر، ترجمة السيد محمد واصل

الجيزة، دار صفصافة للنشر والتوزيع والدراسات، ٢٠٢٣

١٨٠ ص، ٢٠ سم

تدمك ٦-١-٣٤١-٨٢١-٩٧٧-٩٧٨

١- القصص البرازيلية

٢- القصص التاريخية

أ- واصل ،السيد محمد (مترجم)

ب- العنوان ٨٦٩.٣

رقم الإيداع: ٢٠٢٣/١٣٦٩٩

«لا يوجد تعذيب في البرازيل»

ألفريدو بوزيد

وزير العدل البرازيلي من 1969 حتى 1974

الفصل الأول

مدينة «بورتو أليجري»

الأحد/ 21 يونيو 1970

تخطت عقارب الساعة العاشرة صباحًا بقليل

بدايات فصل الشتاء، كان اليوم يوافق نهائي كأس العالم لكرة القدم

الشمس... الضوء...

وهذا العمى.

في الأيام الكثيرة التي قضاها سجينًا والتي لم يحصها عددًا، فكر «راؤول» في الشمس بلهفة وأمل، لقد كانت أيامًا مظلمة وربما لم تزل، كان مجرد التفكير في الشمس التي كانت هناك في مكان بعيد، في مكان ما مُحرَّم عليه، ويستحيل للزنزانة عديمة النوافذ التي ألقي به فيها أن تقترب منه، هو وسيلة بائسة لتقليل معاناته، ومحاولة منه ألا يصل إلى الجنون. كان يفكر في أن يتملى بنور الشمس في اليوم التالي، لأن ذلك أيضًا يعني الثقة بأن الغد نفسه سوف يأتي، الشمس التي يراها في سماء زرقاء، والطيور تحلق تحتها بهدوء أو في صخب مبهج فوق مدينة تعج بالألوان،

أو حقول خضراء نضرة، مناظر كتلك التي نراها على صفحات النتيجة، أو أي شيء آخر غير تلك الجدران الرطبة القذرة التي كانت تحبس حريته. كانت الشمس رمزًا، شيئًا جميلًا يحلو له انتظاره عندما ينتهي ذلك الكابوس ويستطيع الخروج منه، إنها الشمس... تلك الشمس التي أعمته الآن وهو يفرك عينيه ببطء محاولًا استكشاف المكان.

لقد ألقوا به خارج الزنزانة غير عابئين بجروحه وندباته، وصاروا يضحكون كما لو كانوا في حفل، سمع بالكاد بين ضحكاتهم أن هناك جديدًا في قضيته، أخذوه إلى نفس مكتب التوزيع الذي دخله منذ أيام لا يدري عددها، كانت الأبواب والنوافذ مغلقة، ثم وضعوا غطاءً من قماشٍ أسود ليس به ثقوب تفوح منه رائحة الموت على رأسه، يتدلى ناعمًا دافئًا على رقبته حتى أنه لم يستطع رؤية أي شيء؛ أمره الرجل الذي وضع الغطاء فوق رأسه بألا يفكر في خلعه لكن ذلك لم يكن ضروريًا، فرغم يديه وساقيه الطليقتين، كان راؤول يشعر بالشلل من فرط الخوف والعجز والتوجس من ذلك الجديد. وقف في هذا الظلام الجديد تعجزه قواه الخائرة لجسده الهزيل، في انتظار شيء لم يكن يعرف ما هو، حتى امتدت يد خشنة لتمسك بذراعه وتقوده وهو يتعثر نحو الباب.

- وداعًا أيها المتعجرف. (سمع أحدهم يقولها والجميع يضحكون).

وضعوا راؤول في المقعد الخلفي للسيارة، شعر برَجُلين يجلسان

بجانبه، أحدهما على اليسار والآخر على اليمين، وفي المقعد الأمامي جلس رجلان آخران، لاحظ وجودهما من خلال صخب أصواتهم المتحمسة.

- سوف نصحبك في جولة.

قالها صوت لم يعرف صاحبه وسط ضجيج محرك السيارة الذي دار للتو، وأحس راؤول ببرودة الجو.

- كم الساعة؟ (تشجع وأطلق السؤال بصوت متعب ضعيف).

- التاسعة والنصف. (أجابه أحد الأصوات).

- صباحًا أم مساءً؟ (شجع راؤول نفسه على المضي قدمًا).

- صباحًا وكفاك ثرثرة أيها المحتال. (أجابه نفس الصوت).

إنه الصباح (فكر راؤول)، وقت بزوغ الشمس، وابتسم بشيء من الجهد تحت غطاء الرأس، والآن، ما عليه سوى أن ينتظر ما سيحدث، ويرقب السيارة وهي تسير دون أن يعرف إلى أين، وأن يخلد إلى الراحة في هذا المقعد المريح في صمت ممكن، يجيب فقط عن الأسئلة التي يعرفها وإذا لم يضربوه أكثر سيكون ذلك أفضل كثيرًا... أفضل كثيرًا، كررها وهو يشعر بألم يتملك منه، فما زالت القروح تؤلمه في كل مكان من جسده، هذه القروح التي تؤلمه بطريقة مختلفة والتي سوف تستغرق دهرًا في أحسن الأحوال حتى يشفى منها، ولما سمع صوت المحرك اعتقد أنها ربما تكون

سيارة ماركة «شيفروليه أوبالا»، قال في سره: «أنا أحب الأوبالا»، ساد الصمت لفترة طويلة؛ حاول راؤول البقاء دون حراك ودون أن يشعر به أحد، على أمل ألا يهتم به أي من الرجال الأربعة الأقوياء. اختلط الصمت بأجواء سيئة، تسللت رائحة كريهة عبر نوافذ السيارة المفتوحة، ولفحت رياح شتوية غطاء رأسه ذو الرائحة الكريهة حتى صاح الرجل الذي على يمينه:

- ما هذا القرف، يا لها من رائحة كريهة! من الخنزير الذي فعلها؟

ضحك الأربعة، لكن أحدًا منهم لم ينسبها إلى نفسه.

- إذن فقد فعلها هذا الشيوعي!

صاح الرجل المرح نفسه بينما يربت على رأس راؤول صفعة ضعيفة، ربما كانت مزحة ولكنها مزحة ذكرته بأن الأمر يمكن أن يصبح جديًّا مرة أخرى.

- شيوعي وضراط! (أضاف آخر).

شيوعي! (فكر راؤول)، يلقبونه بالشيوعي وهو الذي لم يشارك في الحياة السياسية قط، لقد كان من البنك إلى البيت ومن البيت إلى البنك كل يوم، روتين ثابت من الاثنين إلى الجمعة، وفكر مرة أخرى في أمه، وفي الذعر الذي أصابها في الأيام الأخيرة.

- انظر أيها الوغد، اصغ إلي، (كان الصوت قادمًا من مقعد

السائق)، لا نعرف بعد ماذا سنفعل معك سواء كنا سنطلق صراحك أو نتخلص منك عند أي منحدر، دعنا نتجول أكثر ثم نقرر، أفهمت؟

ضحك الآخرون وفضل راؤول التفكير في أن هذه الجمل كانت نوعًا من المزاح، لم ينبس ببنت شفة ولم يعرف ماذا يقول.

- أفهمت أيها الشيوعي؟

وخبطه الرجل الذي على يمينه على رأسه مرة أخرى، لكن أقوى هذه المرة من سابقتها، لم يكن يمزح إذن.

- نعم. (أجاب راؤول بصوت مختنق).

- نعم ماذا؟ (نفس الصوت).

- نعم يا سيدي. (كررها راؤول هذه المرة ذليلًا).

- آه... هكذا أفضل! (شعر الرجل بزهو).

- لكن انظر، دعني أخبرك بشيء مهم، أعرني انتباهك جيدًا، هل تسمعني؟

- نعم، (صفعه أحدهم)، نعم سيدي.

- إن الأمور ستجري على النحو التالي، إذا كنا لطفاء وأعتقد أننا كذلك فلن نتخلص منك، ربما نسمح لك بالرحيل قريبًا، دعنا نتجول أكثر ونتمتع بأشعة الشمس هذا الصباح، وعندها

نطلق سراحك ونذهب جميعًا إلى منازلنا لمشاهدة المباراة بكل هدوء، أفهمت؟

أي مباراة؟ تساءل راؤول بينه وبين نفسه.

- نعم، فهمت يا سيدي.

- يا شباب، دعونا نتخلص من هذا الشيوعي! ذلك أسهل كثيرًا! (صاح صوت آخر من المقعد الأمامي وبدا من قوته أنه لا يمزح).

- دعنا نرى «رابوزو»، دعنا نرى... فقط نطيع الأوامر. (أجاب الشخص الذي بدا أنه رئيس العملية، كان قائدًا وسائقًا).

- ولكنه «رابوزو».

- حسنًا، يبدو أن الأمر أسهل مما نتخيل. (صاح الرجل).

- دعونا نرى، دعونا نرى... (ثم وجه الحديث إلى راؤول).

- لكن انظر يا فتي، انتبه لما سأخبرك به الآن، ربما... اسمع جيدًا، ربما نطلق سراحك عما قريب فإذا حدث ذلك، هناك شيئان يجب عليك أيها الشيوعي الانتباه لهما، أتفهم؟

- نعم سيدي.

- نعم! حسن جدًا، هكذا يكون الكلام. (وضحك الرجل مع اثنين آخرين، ولم يتمكن راؤول من سماع ضحك «رابوزو»).

- استمع إلي، لا نزال في الصباح، وإذا أطلقنا سراحك فسيكون ذلك بعد قليل وسيكون عليك أن تفعل ما يلي، ستواصل التجوال في المدينة وتذهب إلى منزلك فقط عندما يدخل الليل، أفهمت؟ ذلك أنك لا تعرف حتى في أي المدن نحن الآن، لكن كما أخبرتك، ستظهر فقط في منزلك حوالي الساعة التاسعة ليلًا ليس قبل ذلك! ابق هائمًا على وجهك، تمشي وتتناول الفشار وتعد الأحجار ولكن لا تذهب إلى المنزل، لا تفكر حتى في هذا ولا تفكر في القيام بأشياء سخيفة، لأننا سوف نراقبك دائمًا، أفهمت جيدًا؟

- نعم سيدي.

- كرر ما فهمت إذن، في أي وقت يمكنك الذهاب إلى المنزل؟

- فقط في الساعة التاسعة يا سيدي.

- حسنًا جدًا. (ووجه حديثه لمن معه).

- هؤلاء الشيوعيون عندما يريدون يفهمون جيدًا جميع الأشياء، فلماذا لا يتعاونون؟ فقط يريدون إثارة الفوضى في البلاد؟ سوف تعرف! (واستدار ليضرب راؤول على أنفه الذي أصدر بدوره أنينًا هادئًا).

- وثمة شيء آخر أكثر أهمية، ما حدث لك لم يحدث أبدًا! لم يتم القبض عليك أبدًا! اذهب مباشرة، تصرف بشكل طبيعي، تجول في شوارع المدينة حتى الليل، وخذ وقتك كما تشاء كي

تفكر في قصة جيدة محبوكة تبرر بها اختفاءك، يمكن أن تقول إنك أردت الانضمام إلى طائفة، أو إنك ذهبت تلهث وراء امرأة، قل ما شئت إلا أنك كنت حبيسًا! أفهمت؟ واضح؟ (وصرخ الرجل دون إدراك منه).

- نعم، لقد فهمت يا سيدي.

أجاب راؤول بنبرة يملؤها الخضوع، فقد علمته الأيام في السجن أنه عندما يرتفع صوت الآخر، يجب أن يخفض هو صوته، فكر ببعض الهدوء، إن هؤلاء الرجال سوف يسمحون له بالرحيل عما قليل، لو لم يكن الأمر كذلك لما انهالوا عليه بالتوصيات، سوف يطلقون سراحه قريبًا، خمن ذلك وأن باقي الكلام كان تمثيلية، ابتسم راؤول مرة أخرى فرحة قصيرة أخفاها تحت غطاء الرأس.

- فهمت ماذا؟

- فهمت أن ذلك لم يحدث أبدًا يا سيدي.

- وما هو «ذلك» يا بني؟ (قالها بسخرية).

- سجني.

ولكمه الرجل الذي على يمينه في وجهه.

- كيف تقول «سجني» إذا كنت لم تسجن قط؟ (ثم صفعه مرة أخرى أخف قليلًا كادت أن تكون مداعبه).

- وهذه لأنك نسيت أن تقول يا «سيدي»...

- آسف يا سيدي. (واحتقن وجهه دون أن يعرف وشعر بذل عينيه المعصوبتين)، فهمت أنه لم يقبض علي أبدًا يا سيدي.

- آه جيد، هذا أفضل... إذن دعنا نكرر، ما هما الوصيتان؟

- يجب أن أصل المنزل فقط في الساعة التاسعة يا سيدي، وأنه لم يقبض علي أبدًا يا سيدي.

- هذا هو الكلام ولا تنسى، إذا سمحنا لك بالرحيل فنحن نعرف أين سنجدك مرة أخرى. أنت ستكون طليقًا، لكنك لن تكون حرًا، أفهمت؟ (كرر ما قاله وبدا عليه الفخر لصياغة تلك العبارة).

- نعم سيدي.

- إن ابن العاهرة هذا لا يكف عن تكرار»نعم يا سيدي»!

صاح الرجل الجالس في المقعد الأمامي:

- لا يعرف شيئًا آخر يمكنه قوله؟ وهذا بالفعل يعصبني!

وهوى الرجل بقبضته على رأس راؤول الذي تأوَّه بصوت عالٍ هذه المرة وانطلق في النحيب.

- اهدأ، «رابوزو»، اهدأ! لقد نصحك الدكتور بالهدوء! واضرب خفيفًا فاليوم يوم المباراة!

«ومن يريد أن يعرف أي شيء عن المباراة؟»، فكر راؤول.

- حسنًا حسنًا. (وبدا أن الجالس في المقعد الأمامي كان يهدئ نفسه).

- ولكن ما الذي سيغضبني من هؤلاء الشيوعيين، فهم يكررون نفس الشيء دائمًا...

- بالطبع، أنا أفهمك. (وبدا القائد وكأنه أب يهادن ابنه الشقي)، لكن اليوم لا يهم، تظاهر بعدم الاستماع لهم. أنا أيضًا أغضب لهذا الهراء، لو أستطيع لكنت أعطيته لكمتين أو ثلاثة أقضي عليه بها، وليذهب إلى الجحيم ليعرف قدر الشيوعية هناك في السماء لكننا لا نستطيع، فهناك قواعد ونحن نحترمها، ماذا بأيدينا فعله؟ (تنهد متخاذلًا ولكن بعد فترة وجيزة استعاد حماسه)، واليوم يوم عيد، فالمباراة تُلعب اليوم! لا تدع سخافات هذا الشيوعي تعكر مزاجك «رابوزو»، لأن اليوم يوم تشجيع منتخبنا!

- هذا هو الكلام. (أردف الرجل الجالس على يساره والذي لم يقل شيئًا من قبل).

- سأهدأ. (وافق «رابوزو»). لكني كنت فقط أقصد أننا لو قضينا عليه سينتهي كل شيء، ولن يعلم أحدٌ بشيء.

- نعم «رابوزو»، أنا أفهمك... لكن دعنا نفعل كما قلنا، هيا بنا. (ما زالت نبرة صوت القائد هي نبرة الأب الذي يهادن ابنه).

سارت السيارة في صمت لبضع دقائق أخرى حتى قرر أحدهم تشغيل الراديو، وسيطر صوت «روبرتو كارلوس» الندي على الرحلة، ملأ الأجواء لبعض الوقت وبدا أن الجميع يعيرون الانتباه إلى الموسيقى فقط.

- ما اسم هذه المحطة؟ (سأل الرجل على اليسار).

- محطة «إيتاي». (أجابه القائد).

- جيد، أنا أحب «روبرتو كارلوس».

- شعره كثيف جدًّا بالنسبة إلي لكن له بعض الأغاني الجيدة.

لم يعد راؤول يصغي إلى المحادثة بل بقي هناك قابعًا، لم يلق له أحدهم بالًا، كانت حركة السيارة تزيده اطمئنانًا وبطريقة ما ودون سبب واضح، لم تعد الأمور تشغل باله الآن؛ فإذا سمحوا له بالرحيل فسيكون أسعد رجل في العالم، وإذا تخلصوا منه في أي مكان فعلى الأقل سيكون عذابه قد انتهى، لذلك سمح لنفسه بأن يقبع، لا يلوي على شيء، وكفاه أن يعرف أن النهار ما زال موجودًا وعلى مقربة منه حتى فرمل السائق السيارة فجأة.

- لنترك الشيوعي هنا.

- هل سنتركه هنا؟

نظر الرجال إلى بعضهم البعض دون أن يفهموا وجهة نظر القائد، فالمكان الذي توقفوا فيه بعد قيادة السيارة لمدة ساعة تقريبًا

كان على بعد مئات أمتار فقط من المكان الذي بدأوا منه الرحلة.

- نعم هنا، أنا أعرف ما أقوم به. (وأغلق محرك السيارة).

- يا هذا، كرر التوصيات مرة أخرى!

ساد الصمت، لم يعرف راؤول ما إذا كان الأمر موجهًا إليه أم لا لكن صفعة فورية أنهت شكه في الحال.

- ألا أذهب إلى المنزل قبل التاسعة ليلًا، وألا أنسى أنني لم يقبض أبدًا علي يا سيدي!

- هذا كل شيء! والآن أمر أخير، نحن سوف نطلق سراحك الآن، عد إلى مئة ببطء شديد قبل إزالة الغطاء عن رأسك، أفهمت جيدًا؟ هل يمكنك العد؟ واحد، اثنان، ثلاثة... حتى تصل إلى مئة، سنراقبك جيدًا بأعيننا وجميعنا يتمتع بنظر حاد، إذا رفعت الغطاء قبل أن تصل إلى مئة سوف يكون ذلك آخر شيء تفعله في حياتك... يمكنك إطلاق سراحه يا «صقر»!

فتح الجالس إلى يمينه الباب وسحب راؤول بعنف من السيارة، ثم دفعه بنفس القوة على الرصيف، تعثر راؤول وسقط، غمرته كل آلام العالم، لم يكن لديه رغبة في النهوض، حاول النهوض لكنه أيقن أن ساقيه كانتا لا تقويان على حمله.

- حتى تصل إلى مئة!

سمع صوت القائد يكررها، ثم سمع حفيف الإطارات بالرصيف

وخمَّن مرة أخرى أن السيارة كانت قطعًا «شيفروليه أوبالا»، ثم بدأ في العد بتؤدة، أحس بخوف العائد إلى الحياة وسط صمت حائر.

عَدَّ إلى مئتين ثم أزال الغطاء ببطء يساوره الشك كما لو كان يتوقع لطمة جديدة، لا تزال عيناه مغلقتان، يجلس في خلاء على أرض مجهولة، وتساءل ربما للمرة الألف في كل تلك الأيام، ماذا حدث له وماذا يمكن أن يحدث له؟ ثم وبجهد من يرفع طنًّا من فوق رأسه، حاول أن يفتح عينيه ولم يستطع.

الشمس... الشروق...

وهذا الظلام الدامس.

الفصل الثاني

«بورتو أليجري»

الجمعة/ 12 يونيو 1970م

حوالي الساعة الثامنة مساءً - عيد الحب

بعد أكثر من ثلاثة أشهر من انتهاء علاقته الغرامية، ما زال راؤول يفكر في «سونيا»، كلما تذكرها أحس بانقباضة حزينة في صدره، وأخذ يسأل نفسه عن الأسباب لكنه لا يجد إجابة.

حدث ذلك في بداية شهر مارس، قالت سونيا إنهما بحاجة إلى الحديث، وبعد خمس دقائق كانت قد أصدرت مرسومًا بإنهاء العلاقة، تلك العلاقة التي استمرت سنة ونصف والتي كان راؤول منغمسًا فيها لدرجة أنه لم يلحظ حتى جوانبها السلبية. يذكُر أن الحوار لم يستغرق أكثر من عشرين دقيقة، وفي هذه الدقائق لم يكن يفهم شيئًا مما يُقال، وحتى لو استغرق الحوار ثلاث ساعات لم يكن ليفهم أي شيء، التقطت سونيا الغيارات القليلة التي كانت تحتفظ بها في غرفة راؤول، تلك التي استخدمتها في مناسبات نادرة، والتي استطاعا فيها النوم معًا في منزل صديقها

بعد مراوغة عيني «إيرينى» الساهرتين كما يراوغ «بيليه» بالكرة، ثم تنصرف سريعًا.

لم يرها راؤول بعد ذلك، فقد انتقلت من النزُل الذي كانت تعيش فيه دون أن تترك عنوانها الجديد، دفعت كل ما عليها وغادرت بعد وداع مقتضب. كانت صاحبة النزُل تشك في الطريقة التي ذهبت بها سونيا بهذه السرعة، لكنها اعتقدت أنها قد تعود إلى مدينة «أوروجويانا».

كتب راؤول رسالتين إلى العنوان الحدودي الذي أعطته سونيا إياه ذات مرة لكنه لم يتلق أي رد، وإذا كانت هناك بالفعل فهي بالتأكيد لم تعد ترغب في التحدث إليه أو ربما قد نسيته بالفعل، كان يود لو أن الأمر لم يكن كذلك، كان يفكر كل يوم في المضي قدمًا محاولًا تجنب المعاناة، لكن في يوم عيد الحب كان الألم له خصوصية.

كان راؤول قد غادر البنك بعد سؤال المدير إذا كان لا يزال بحاجة إليه، عندما أحس بغصة في حلقه بمجرد أن خرج إلى الشارع، وأدرك أن اليوم هو الجمعة الموافق لعيد الحب، أحس بأنه كان وحيدًا وبلا هدف، لذلك قرر الخروج، فسيكون من الصعب البقاء في المنزل تلك الليلة، مشغول البال بذكريات مؤلمة من الماضي، فكر في مشاهدة فيلم في سينما «فيكتوريا» كي يصرف انتباهه عما يعتريه من الحزن، وبعد ذلك سيشرب بعضًا من زجاجات البيرة أو من كؤوس الخمر في أي حانة قريبة، ربما يمكث في الحانة

حتى تغلق أبوابها في هذا اليوم الفريد، وهو ما يستحيل عليه فعله في الأيام العادية كموظف بنك جاد لا يسمح له مظهره وأناقته بذلك. قرر أن يذهب بدون ربطة عنق، بقميصه الأحمر الساطع الذي كانت سونيا تحبه كثيرًا والذي كان يخجل من ارتدائه في أيام العمل الرسمية، مر كل شيء بسرعة ودون أن يستوعبه، كان راؤول قد انحرف عن الشارع عند الناصية إلى حارة بالقرب من حي «أندراداس» في طريقه إلى السينما، عندما مر عليه فتى صغير يرتدي قميصًا أحمرَ في سباق يائس، كما لو كانت هذه الخطوات سوف تنقذ حياته، تقدم لاهثًا بضعة أمتار إلى الأمام في حانة بدا أنها مفتوحة طوال اليوم غير مكتظة دائمًا بالرواد.

لم يكن لدى راؤول الوقت الكافي لفهم ماذا يمكن أن يعني هذا السباق، كانت السيارة ماركة «فورد كورسيل» تجري مسرعة عندما أصدرت عجلاتها صوتًا هدد كل من حولها وهي تقتحم الزقاق، ثم توقفت على الفور بجوار راؤول الذي كان قد توقف عن المشي لمعرفة ما يجري، نزل منها رجلان مسلحان يصرخان ويحملان السلاح، بينما أبقى السائق المحرك قيد التشغيل، أمسك أحدهما راؤول من رقبته ولطمه، بينما دفعه الآخر دون عناية إلى داخل السيارة، وكلاهما غير عابئ بالضجيج والانتباه الذي يثيرانه بأفعالهما، لم يقترب أحد من مسرح الأحداث المتسارعة. في البار، كان هناك رجل وحيد يشرب البيرة عند إحدى الطاولات المتراصة في الشارع، أخذ يحدق في ملصق الزجاجة وكأن شيئًا لم يكن، وعلى الجانب الآخر من الشارع، أغلقت نافذة بسرعة.

- لكن ما هذا؟ ماذا يحدث؟

سأل راؤول دون محاولة منه لطلب المساعدة حتى، في الوقت الذي تلقى فيه لكمة في ذقنه جعلته يشعر بالدوار أكثر وأكثر.

- اخرس يا ابن العاهرة وادخل السيارة! (صاح الرجل الذي دفعه).

يا إلهي، إنها عملية اختطاف، وفكر راؤول إن هؤلاء الأشخاص الذين بدأوا بعمليات السطو على البنوك يختطفون المصرفيين الآن. من وقت لآخر كان يطالع أخبارًا في الصحف كتلك، مجموعات من المخربين تهدد النظام والتقدم بالبلاد، كانت أمه خائفة جدًا منهم وتقول إنهم شيوعيون ولا يؤمنون بالله، لم يتوقف راؤول عندهم ولم يكن يفهم بالسياسة، لكن من هم هؤلاء الرجال؟

- أنا مجرد مصرفي!

قالها وهو يشعر بالذهول في حين كان يجلس في المقعد الخلفي للسيارة بين الرجلين اللذين دفعاه داخلها عنوة.

- أنا مجرد أمين خزانة! أنا لست حتى مدير البنك!

ضحك الرجلان وانطلق السائق بالسيارة وصرخت الإطارات دون أن ينظر إلى مرآة الرؤية الخلفية، فلو كان هناك سيارة أخرى قادمة، لكانت توقفت أو اصطدمت بالكورسيل المنطلقة التي لا تألوا على شيء، نظر راؤول إلى كلا الرجلين مرعوبًا يبحث عن أي

علامة من شأنها أن تساعده على فهم هذا العبث الذي حدث له، بينما تبادل كلاهما النظرات دون اهتمام به، وأبديا الارتياح فيما بينهما كما لو كانا يقولان إن المهمة قد أنجزت.

- انتهى! السمكة في الشباك! بل سمكة حمراء!

صاح الرجل الذي كان على يسار راؤول، رجل أشقر ينظر نظرات إجرام وهو يسحب طوق قميص المصرفي المذهول.

- لكن ما الذي يحدث؟ (حاول راؤول أن يسأل بصوت باكٍ تقريبًا).

- اخرس قلت لك! لا تصطنع الغباء، أنت تعرف جيدًا. (أمره الرجل الأشقر).

- لا، أنا لا أعرف!... أنا مجرد مصرفي لا أكثر...

كرر راؤول، وبدا أن العبارة تثير حفيظة الرجل الأشقر الذي ضربه بطرف سلاحه على أطراف أصابعه ضربة خفيفة، كي يريه عينة مما يمكن أن يحدث له. صرخ راؤول بصوت عالٍ، كان الألم مفاجئًا وباردًا ثم الخوف والهلع، ثم انخرط في البكاء بهدوء، بكاء رقيق وصامت خالطه بعض الشوق الذي تمكن منه لسونيا وأخذ يطفو على السطح، لو لم ترحل لكان يفكر الآن في ارتباكها ولهفتها عليه، ولم يكن ليحدث شيء من ذلك. نظر السائق الذي حتى ذلك الحين لم يقل شيئًا نظرة إلى مرآة الرؤية الخلفية وأمره بأن يتوقف عن البكاء.

- اهدأ ايها المخنث! عندما يتعلق الأمر بالتخريب تكون رجلًا مفتول العضلات، لكنك الآن تصير تافهًا!

- لكنني لم أفعل أي شيء! ماذا فعلت؟ لابد أن هناك خطأ في الأمر! ومن تكونون أنتم؟ وإلى أين تأخذونني؟

توالت كل الأسئلة بنبرة يائسة، لم يكن راؤول يعرف فيم يفكر، كان فقط يعرف أنه يشعر بخوف شديد، كان خوفًا وشعورًا بأن شيئًا فظيعًا قد بدأ للتو في الحدوث.

- لا تصطنع الغباء! ما من أحد لا يعرف لماذا يقبض عليه. (كررها الرجل الأشقر).

- لكن ابق في حالك ولا تتوسل بأي شيء الآن، نحن لا نريد أن نستمع إليك، ولا نريد حتى أن نسمع صوتك! فقط توسل عندما يحين الوقت وعندما يأمرونك بذلك، فقط تحدث إلى من يريد أن يسمعك (وأطلق صرخة نصر خفيفة صوتًا خبيثًا) لكن ليس الآن، الآن ابق هادئًا ولا تحاول فعل أي شيء لأنه سيكون أسوأ لك، سواء الهرب أو طلب المساعدة، لا تفعل شيئًا من ذلك، لن تستطيع حتى فعل ذلك ولو حاولت، اعلم أن الأمور سوف تزداد سوءًا وسوف يكون العقاب وخيمًا...

لم يفكر راؤول في فعل أي شيء، لم يكن هناك ما يجب عليه فعله، فهناك سفاح على كل جانب وسفاح آخر على عجلة القيادة، ومجرد محاولة فعل أي شيء سيكون بمثابة الانتحار، فأطلق

العنان للبكاء وأحس بيأس صامت حاول إخفاءه. مرت السيارة أمام سينما فيكتوريا ولم يستطع أن يمنع فضوله في معرفة الفيلم المعروض حتى تذكر السائق.

- أعتقد أنه حان الوقت لوضع غطاء الرأس على هذا المحتال.

وأخذ غطاء رأس بني من «تابلوه» السيارة، ألقى به على المقعد الخلفي بحركة سريعة.

- ليُلبسه أحدكم هذا الغطاء.

أمسك الرجل الأشقر بغطاء الرأس الذي سقط في حجر راؤول المرتعد وفرده كي يضعه على رأس المقبوض عليه، ولما أدرك الفزع الجديد في عيون من يجلس في وسطهما، انتابته لحظة قصيرة من التنازل وقال:

- كن مطمئنًا، فلن يحدث لك شيء الآن، فقط سوف نضع هذا الغطاء على رأسك، لست بحاجة لمعرفة الطريق إلى المكان الذي أنت ذاهب إليه، لست بحاجة ويفضل ألا تحاول حتى... من الأفضل لك، حقًا.

تبسم برفق ربما لأنه وجد تعليقه مضحكًا بينما يضع على رأس راؤول ذلك الغطاء كريه الرائحة.

أصيب راؤول بالقرف عندما شم رائحة عرق نتنة تفوح من غطاء الرأس، وعندما فكر في من سبقوه في ارتداء هذا الغطاء

وتحت أي ظروف، فمنهم من كان ينزف، ومنهم من ضُرِب، ومن بكى، ومن كُسِر، ومن سال لعابه، ومن جُرح، وما هو إلا واحد منهم لكنه قرر أن يهدئ من روعه، وينتظر ليرى ما يمكن أن يحدث بعد ذلك، وبشكل أساسي، ألا يجذب انتباه هؤلاء الجلادين المجهولين؛ لذلك قرر تجاهل ذلك الغطاء واعتباره غير موجود، وأنه من الأفضل أن يبقى صامتًا، فلن يجيب أحد على أي سؤال، وضع يديه على ساقيه واسترخى.

حاول وسط هذا الظلام الجديد وهو لا يكاد يُرى بين هذين الرجلين الجالسين بجواره أن يخمن من خلال حركات السيارة الطرق التي يسيرون فيها، فمع كل منعطف كان يبحث في خريطة الذاكرة عن الشارع الذي يتجهون إليه، لكنه استسلم عندما أدرك أن السائق كان يقود في طرق متشابكة دون أي داعي سوى أن يفقده القدرة على التركيز. سارت السيارة بهم لمدة نصف ساعة، لم يتحدث الرجال خلالها إلا القليل فيما بينهم، فقط تعليق هنا أو هناك لم يتمكن راؤول من خلاله من معرفة ما كان يجري. في معظم الوقت، كانوا فقط يسمعون ضجيج المحرك والضوضاء البعيدة الهادئة في جميع أنحاء المدينة، «لا أحد يعرف ما يحدث لي... »، قال لنفسه. علق أحد الرجال في إحدى المراحل بأنه كان متلهفًا للوصول إلى المنزل والاستحمام والتزين حتى يصطحب صديقته على العشاء، لو كان هو مكانه ربما اشترى بعض الزهور. كان راؤول يشعر بالرعب وهو يتنفس تلك الرائحة الكريهة للغطاء ويستعجب كيف يحيا حياة طبيعية من يتصرف بهذه الهمجية.

عندما توقفت السيارة في النهاية، أخذ الرجل الأشقر بذراع راؤول وسحبه بعنف، نزل واقفًا ولمح جزءًا مظلمًا من أرض المرأب حيث توقفت السيارة، ثم أحس بصفعات من رَجُلين يدفعانه، سمع أصواتًا أخرى قادمة من حيث يتجهون، وعندما أزالوا الغطاء عن عينيه وجد راؤول نفسه في قاعة قاتمة مضاءة بإضاءة خافتة، حيث كانت هناك بعض طاولات المكاتب المهملة، وأرفف للملفات المعدنية واثنين من الفواصل، ومروحة في زاوية، وأريكة متهالكة وخمسة أو ستة كراسي سوداء، جلس على الأرائك والكراسي رجال آخرون، اثنان منهم كانا يلعبان لعبة بالورق ولم يعيرانه اهتمامًا، أما الآخرون، فقد صفقوا بازدراء عند دخول راؤول يتدافعه الثلاثة الآخرون.

- مرحا، وصلت السمكة! (صاح أحدهم).

- سمكة... وحمراء! (أجاب الرجل الأشقر الذي بدا أن الإجابة أعجبته).

- أحمر وفوضوي! (أضاف آخر).

حاول راؤول أن ينظر حوله لمعرفة ما يمكن أن تمثله تلك الغرفة لكنها لم تفصح عن شيء، كانت عبارة عن بهو غير محدد المعالم على غرار مقرات بعض المصالح قليلة الأهمية، ولا بد أن الشمس لا تصلها حتى في الساعات المشمسة، ومن هؤلاء الرجال؟ ما هي المنظمة التي ينتمون إليها؟ كان يعتقد أنه يجب أن يسأل، فلم

يكن لديه ما يخسره وهذا ما فعله، وبصوت أعلى من الموصى به خرجت كل الأسئلة في نفس الوقت:

- من فضلكم، هلا قلتم لي ماذا يحدث؟ ماذا أفعل هنا؟ ولماذا تخطفوني؟ أنا موظف بنك فقير ليس لديه حتى مفاتيح الخزنة؟ ومن تكونون أنتم؟

نظر الرجال فقط إلى بعضهم البعض بسخرية دون أن يتكلموا، نهض واحد منهم من كرسيه، وقف وقفة عسكرية صامتًا أمام راؤول وصفعه على وجهه على كلا الجانبين بقوة محسوبة حتى يجعله يتألم قليلًا، وضع راؤول كفيه على خديه وأدرك أنه لن يتم الرد على أي سؤال، وأن معاناته قد بدأت للتو.

- هذا فقط لتهدئتك قليلًا ولتعرف أنه ليس من حقك أن تسأل عن أي شيء هنا.

قالها الرجل وعاد إلى الكرسي حيث كان، ثم أمر الآخرين الذين شاهدوا المشهد للتو:

- يمكنكم أخذ الرجل، اخلعوا عنه حذاءه وهذه السلسلة الصغيرة في رقبته وأنا سأبلغ النائب بوصوله.

الفصل الثالث

«بورتو أليجري»
الجمعة/ 12 يونيو 1970
حوالي العاشرة والنصف مساءً - عيد الحب

كانت الزنزانة عبارة عن حجرة مربعة تربو مساحتها على المترين بقليل، ليس بها أي نافذة، محاطة بشبكات حديدية سميكة فلا يمكنك أن تميز الليل من النهار، كانت الجدران الثلاثة مليئة بالمخربشات والعلامات وبعض الأسماء والتواريخ والرسومات الصغيرة والعبارات، من يدري من كتبها وبأي أداة رسمها، نظر إلى الأعلى ولم ير أي فتحة يمر منها الضوء في السقف المنخفض المظلم. في إحدى الزوايا، كان هناك دلو قذر، خمن راؤول سبب وجوده وقد أسقط في يده، وحوض فارغ أكثر قذارة، على الأرضية الرطبة المصنوعة من الإسمنت المحترق وضعت مرتبة رقيقة متسخة، وعلى المرتبة وضع أحدُهم بطانية رمادية مهترئة، كانت البطانية مطوية بدقة في نوع من السخرية القاسية... كان ذلك هو كل شيء.

ثم أدرك راؤول أنه لم يكن مخطوفًا من عصابة، لكنه كان في زنزانة سجن أو حبس احتياطي في مركز شرطة أو شيء من هذا القبيل، وأن من اعتقلوه لم يكونوا مخربين شرسين أو رجال حرب عصابات، أعداء الوطن والأسرة والتي كانت تخشاهم الأم كثيرًا بل كانوا رجال الشرطة.

- لكن ما الذي يحدث؟ وأين أنا؟ ولماذا اعتقلوني؟ أحد يفهمني لوجه الله!

وتمكن اليأس من راؤول مجددًا، أحس بشيء لا يمكنه السيطرة عليه، تراكمت جميع المخاوف التي كانت قد بدأت قبل ساعة والتي يبدو أنه لم يحن وقت انتهاءها. ترك جسمه يهوي على المرتبة بثقل لم يعرفه من قبل لمجرد أنه لا يعرف ماذا يفعل؛ بعد فترة وجيزة، قفز قفزة رشيقة وسريعة، أمسك بالقضبان وراح يصرخ كمشهد من فيلم أمريكي، نداء... صراخ بلا كلمات، شيء من هذا القبيل. في وقت لاحق، عاد إليه صوته ليغلف ذلك اليأس العظيم بداخله.

- ماذا أفعل هنا؟ (صاح راؤول)، أريد أن أعرف لماذا تم اعتقالي! أنا مواطن يحترم القانون ويدفع الضرائب، أنا موظف! لم أرتكب أي خطأ ولي حقوقي القانونية!

اجتازت الصرخات الممر الضيق المظلم الذي كانت به الزنزانة إلى الغرف التي كان هؤلاء الرجال يلعبون فيها بالورق ويأكلون فيها

شطائرهم، يحكون فيها النكات ويتحدثون عن النساء وأقدامهم على الموائد، لا بد وأن شخصًا ما سوف يستمع إليه، يجب أن يأتي شخص ما، كان يفكر في ذلك وهو يقرع بيديه على القضبان ويهز باب الزنزانة، ثم أخذ الدلو القذر الذي كان في ركن الزنزانة وبدأ يضرب به القضبان حتى تُكسر، سيأتي شخص ما، لابد أن يأتي أحدهم، أدرك ذلك عندما لاحظ حركة عند باب إحدى الغرف، ورأى الباب يفتح فجأة، هناك شخصان يقتربان، شخص ما سيعطيني تفسيرًا.

توقف كلاهما أمام باب الزنزانة في صمت، وأشار أقربهم بيده إلى راؤول أن يبتعد فانزوى ناحية الحائط الخلفي والدلو المحطم ما زال في يده، كي يسمح للرجلين بالمسافة التي أمرا بها، أخذ أحدهما يبحث في مجموعة المفاتيح عن المفتاح الخاص بزنزانته، أدار المفتاح وخيم الصمت على الجميع حتى سُمع صوتُ القفل وأنفاس راؤول العصبية. عندما فتح الباب، ابتعد الشخص الذي يحمل المفاتيح وأومأ للآخر ذلك الأشقر الضخم إيماءات شريرة بالدخول، فدخل الرجل وقبل أن يطرح راؤول سؤالًا جديدًا بادره بضربة في بطنه قطعت أنفاسه، ثم في صرخة بدون كلمات كرر اللكمة، انطوى راؤول على نفسه وأحس بألم حاد مفاجئ، ثم جاءته صفعة على وجهه بظهر اليد كان الهدف منها إذلاله فقط، فسقط دون أن ينطق بشيء من هول المفاجأة والألم، بينما بقي الرجل على أهبة الاستعداد بعضلاته المفتولة ينتظر مثل الملاكم الذي يسدد الضربة القاضية إلى الخاسر، وعندما استلقى راؤول بالكامل على لأرض وأخذ يتلوى، ركله الرجل

بخفة بطرف حذائه كما لو كان يفحص حيوانًا ميتًا، عندها فقط اطمأن وما زال التنفس معلقًا.

- اخرس أيها الشيوعي المقرف! (قالها وبصق على ذلك الجسد المهزوم).

- أنا لست شيوعيًّا. (همس وهو يئن).

- اخرس!

قالها الآخر وهو يركل راؤول ركلة أخرى بقوة مضاعفة هذه المرة، ثم جثى عند المكان الذي يتلوى فيه موظف البنك من الألم ووضع إصبعه الخشن أمام فمه وقال:

- والآن، دعنا نتفق على شيء واحد، لا أريد سماع صوتك حتى صباح الغد، لا أحد هنا يريد أن يسمع صوتك ولا حتى لطلب الماء، مفهوم؟ كن هادئًا حتى يصل المدير ويرى ما سنفعله معك، هادئ... مفهوم؟ لا مزيد من الكلمات، واضح؟ لأنه خلاف ذلك سوف تتحول ليلتك إلى جحيم.

فتح راؤول عينيه عن آخرها وسط ذلك الكابوس.

- حتى لو كنتُ أرغب في ذلك، فلن أتمكن من الحديث بعد هذا الغم.

وكيف يمكن أن يكون الليل جحيمًا أكثر من ذلك؟ لقد سقط جسده للتو، واستلقى على أرضية الزنزانة الرطبة المظلمة، فرك بطنه وحاول التقاط أنفاسه في محاولة لتحقيق بعض التوازن في هذه المأساة

المزدوجة التي آل إليها يوم عيد الحب، وحاول بطريقة ما أن يطمئن نفسه، عندما يحل الصباح سيتضح هذا الخطأ، وسوف يعلم الرجال أن كل ذلك كان خطأ، وأن راؤول لم يكن الشخص الذي يعتقدون أنه هو وأنه مجرد خطأ، وأن هذه اللكمات والركلات كانت خطأ وأنهم سيسمحون له بالذهاب، بالطبع سيفعلون، وسيغادر راؤول دون أن يعلم حقيقة ما جرى فهو لا يرغب في ذلك حتى، هو مستعد لينسى كل دقيقة من هذا الكابوس الفظيع. سوف يطيع الأمر، لن يقول شيئًا حتى يطلع النهار، فسيتحمل بصمت وشجاعة ألم هذا الفُجر، ثم نظر إلى عيني الملاكم الشرير الواقف أمامه وأومأ برأسه موافقًا، وبعد برهة أحس بجفاف حلقه.

- لن أنطق بكلمة أخرى، لن أقول أي شيء لكن أعطني كوب ماء من فضلك.

فأشار الرجل بذقنه إلى الحوض والدلو المهشم في جوف الزنزانة:

- يوجد ماء هناك اشرب كيفما شئت، وهناك أيضًا الحمام الخاص بك لكنك ساذج، كسرت الحمام وأنت تضرب به على القضبان، لقد قمت بعمل مشين وصرخت كالفتيات الصغيرات، ابق الآن مع حمامك المتصدع!

قالها غاضبًا ولم يقل أكثر من ذلك، أشار بقبضته مرة أخرى إلى راؤول كما لو كان من الصعب عليه احتواء غضبه، ثم غادر الزنزانة واختفى في الممر بخطوات غاضبة، ولما ابتعد سمعه راؤول وهو ينفخ بصوت يملؤه الازدراء:

- شيوعي مقرف!

بقي الرجل الآخر بضع ثوان يفحص جسد راؤول الممدد الهزيل، ثم بدا عليه كأنه سيغلق باب مكتبه، أخذ يبحث عن مفتاح الزنزانة ووضعه في القفل، وبينما كان يقفل الباب أخذ يصفر بأنغام موسيقى «دوم ورافيل»، تلك الأغنية التي كانت البرازيل كلها تتغني بها، وبعدما تأكد أن الزنزانة قد أغلقت بالفعل مكث برهة يصفر وينظر إلى تلك الكتلة الملقاة على الأرض، وعندما انتهى من الصفير قرر استدعاء راؤول:

- أنت يا ... تعال!

رفع السجين رأسه قليلًا دون أن يتكلم.

- غدًا عندما يصل القائد، فضفض على الفور بما تعرفه، لا تحاول أن تكون بطلًا لأننا رأينا بالفعل أنك ثرثار، إذا اعترفت بما تعرفه وبدون تأخير سيفرج عنك، الأمر بسيط...

انتظر برهة ثم تابع:

- لكن إذا لم تعترف، سوف تصبح الأمور صعبة عليك، ما حدث معك كان مجرد عينة، أعتقد أنك فهمت بالفعل ما أعنيه، لذا تكلم يا رجل تصير الأمور أفضل.

توقف الرجل ونظر حوله قبل أن يختم كما لو كان يتأكد أنهما وحدهما:

- أنا أقول ذلك فقط لأنني صديقك.

الفصل الرابع

«بورتو أليجري»

الاثنين/ 15 يونيو 1970

السابعة صباحًا في قسم الشرطة

صباح الخير حضرة الضابط، صباح الخير. أنا آسفة أني دخلت بهذه الطريقة، لا أعرف ما إذا كان يتعين علي الحصول على رقم والانتظار حتى يأتي دوري لكنني لم أستطع الانتظار، إنها المرة الأولى التي أدخل فيها قسم شرطة لكني انتظرتُ حتى عطلة نهاية الأسبوع، تخيل... منذ يوم الجمعة، وعلاوة على ذلك أنا يائسة. آسفة لأنني أبكي بينما أتكلم... سيدي، استمع إلي من فضلك، اسمي «إريني»، وأريد الإبلاغ عن اختفاء... اختفاء ابني اسمه «راؤول»، «راؤول دوس سانتوس فيجيرا»، إنه ابني، عمره خمسة وعشرون عامًا، عيد ميلاده هو 21 ديسمبر، لدي هنا في حقيبة يدي صورة له تقريبًا حديثة، انظر حضرتك، هو الآن أكثر بدانة منه في الصورة، يعمل في أحد البنوك ويقوم بالقليل من التمارين، يأكل طعامًا غير صحي وأشياء من هذا القبيل. لكن الصورة جيدة باستثناء السمنة...

انظر إليه حضرتك، ولدي... إنه جميل جدًا... إنه ابني الوحيد، أنا أرملة وقد ربيته وحدي، إنه كل ثروتي وإذا حدث له مكروه لا أعرف حتى ما سيحدث لي، أفضل الموت... مرة أخرى أطلب منك أن تسامحني على بكائي وأنا أتكلم لكنك تفهمني... ستفهمني... وسأحاول أن أكون أكثر موضوعية، لن أضيع وقتك بالحديث عن ابني وكم هو طيب، كم هو هادئ ومطيع، لأنه أفضل ابن في العالم لكنه كذلك فعلًا، فلم يزعجني أبدًا ولا حتى بتلك الأشياء الطفولية، مثل الشجار في الشارع أوفي المدرسة، لا شيء من ذلك... كان متفوقًا دائمًا، كانت تقاريره دومًا تأتي باللون الأزرق دليلًا على تفوقه، لكن اسمعني من فضلك ونبهني إذا أكثرت من الكلام وإذا أكثرت البكاء أيضًا، فلا أستطيع أن أمنع نفسي من البكاء، انظر، إن ابني غادر المنزل يوم الجمعة الماضي في الليل ولم يعد، مضت عطلة نهاية الأسبوع بأكملها دون ظهور ودون أن يطمئنني بأخبار، وهذا لم يحدث أبدًا. إن راؤول لا يقضي ليلة خارج المنزل، وإذا حدث ذلك فلم تكن سوى مرة أو مرتين في حياته وكان دائمًا ما يعلمني قبلها، كان يتصل على تليفون جارتي وتنقل هي الرسالة إلي لكنه لم يفعل هذه المرة، لذا تجدني يائسة! فلا مكالمة هاتفية ولا خبر ولا رسالة... لا يمكن أن يكون هذا الصمت خيرًا! وليسامحني الله على هذا التفكير، لكن أرجع للموضوع، خرج من البيت ليلة الجمعة وقال إنه ذاهب إلى السينما وربما يذهب بعدها لتناول البيرة مع صديقه لكنه لن يتأخر، وطلب مني ألا أنتظره مستيقظة كما أفعلُ دائمًا، رغم علمه أن هذا شيء مستحيل الحدوث فقلب الأم لا يرتاح حتى يصل ولدها.

اعتقدتُ أنه لن يتأخر لأنه ولد خجول، ليس لديه أصدقاء كثُر، عندما أغرم بفتاة ابتعد أكثر عمن كانوا أصدقاءه وهم قليلون، لا... لم يكونوا... بل لا يزالون أصدقاءه! لم يعجبني حقًّا عندما حدث ذلك، لقد حذرت راؤول ولكن لم ينتبه لي. آسفة لأني أتحدث كثيرًا ولكن عندما أشعر بالقلق حقًّا أتكلم وأتكلم... وحديثي عن راؤول إنما هي طريقة كي أشعر أنه قريب مني، وأن هذا الاختفاء هو مجرد كابوس وسوف ينتهي قريبًا أو شيء من هذا القبيل، وأنا آسفة لأني أبكي لكن انظر، لقد غادر يوم الجمعة وذهب إلى السينما وكان يرتدي قميصًا أحمر لامعًا، كنت أرى أنه قبيح جدًا، وسروالًا جينز وحذاء رياضيًّا ماركة «بامبا»، شعره قصير دائمًا ما يقصه بنفس الطريقة، ليس له علامة مميزة أخرى لكنه كان يحمل في رقبته سلسلة صغيرة مع صورة للعذراء لا يخلعها من رقبته، إنه مؤمن بها ويقول إنها تحميه، آه يا ولدي كم هو جميل. أرجو أن تمد له السيدة العذراء يد العون الآن، لقد غادر المنزل سيرًا على الأقدام والسينما ليست بعيدة، وأنا بالطبع لم أنم، كنت أنتظر... غفوت قليلًا وعيني مفتوحة لكني لم أنم. في حوالي الثانية صباحًا داخلني القلق بالفعل، وذهبت إلى غرفة راؤول عدة مرات لأرى إذا كان قد عاد إلى المنزل في غفوة من غفواتي ولكن لا شيء، ومر الوقت ولا شيء عن راؤول، وعندما دقت الثالثة... والرابعة... والخامسة... والسادسة... والسابعة صباحًا، أصبحت يائسة بالفعل، كالحال التي أنا عليها الآن ولا يسعني إلا التفكير في الأشياء السيئة. أنا آسفة إذا كنت أبكي كثيرًا لكنك تفهمني... آه يا ابني، وفي الساعات الأولى

من صباح السبت جئتُ إلى هنا في قسم الشرطة لكني وجدته مغلقًا، كانت اللافتة تقول أن ساعات العمل تبدأ فقط من يوم الاثنين، وها أنا ذا وصلتُ متأخرة قليلًا ولكني يوم السبت ذهبت إلى مركز آخر للشرطة وكان مفتوحًا، لكنهم عاملوني بشكل سيىء للغاية، لم يكونوا متفهمين مثلك أنت الآن، وأخبرني ضابط الشرطة أنهم لا يستطيعون فعل أي شيء، وأنهم لابد أن ينتظروا بعض الوقت لتسجيل الاختفاء، وأن الوقت المطلوب لم يمر بعد، ثم ألمح كذلك إلى أن ابني يمكن أن يكون في بيت دعارة وبما أنه لا يعرف ولدي، ما كان له أن يقول ما قاله، لكنه ذهب إلى ما هو أسوأ من ذلك! نظر إلي نظرة ماكرة وسألني بصراحة إذا كان ابني ينتمي إلى الشيوعيين، هؤلاء المشاغبين الذين يهددون البلاد، لا سمح الله أيها المفتش! ولا تفكر في ذلك أيضًا، إن راؤول لا يشترك في السياسة ولا الشغب ولا في تلك الأشياء الغريبة، إن حياة ابني من المنزل إلى العمل ومن العمل إلى المنزل، إن راؤول ابن ذهبي... آه يا ولدي... يا ولدي، أين عساه يكون هذه الساعة؟ هل هو جوعان أم بردان أم عطشان؟ يا حضرة الشرطي، أنا بحاجة إلى مساعدتك في العثور على ابني! لا أعرف من أسأل ولا أعرف أين أبحث عنه. في نهاية الأسبوع ركضت إلى بيوت كل أصدقاء راؤول الذين أعرفهم، ولكن لا أحد يعرف أي شيء عنه. ذهبت إلى منزل جارتي ومن هناك اتصلت بجميع المستشفيات في بورتو أليجري ولكن لا شيء، واتصلت حتى بمستشفيات مدن قريبة أخرى مثل «فياماو» و«كانواس» و«إستيو» و«سابوكايا» و«ساو ليوبولدو» و«نوفو هامبورج»، تخيل يا سيدي مدى يأسي، ما الذي

سيفعله ابني في «نوفو هامبورج» حيث لا يعرف أحدًا هناك؟ ستكون فاتورة هاتف جارتي هائلة هذا الشهر، لكنها قالت لي ألا أهتم حتى بهذا الهراء، المهم أن أجد راؤول. إن الحي كله يحب ابني فهو ابن من ذهب... حتى إنني اتصلت بالمشرحة يا سيدي، تخيل يأس الأم الذي يصل بها إلى هذا الحد، وبفضل الله لم أجده هناك أيضًا، لكن أين ابني يا سيدي؟ آسفة على تكرار هذا السؤال كثيرًا، وآسفة أيضًا لأنني أبكي لكنني لا أستطيع التوقف... أين وليدي راؤول؟ لقد ذهب تفكيري إلى أنه ذهب وراء صديقة سابقة له تدعى سونيا، أعتقد أنه لا يزال يحبها، كانت أول حب حقيقي له، حضرتك تفهمني طبعًا، والحق أقول أني لم أكن أحبها كثيرًا، كانت متفرنجة إلى حد كبير بالنسبة لذوقي، كانت تلبس السراويل الطويلة وتدخن السجائر وتضع وردة على رأسها، لا بد وأنك تعرف أمثالها، ورغم أن راؤول لا يتحدث معي في مثل هذه الأشياء لكني أدركت أنه حزين للغاية بعد أن تخاصما، كان حزينًا بعض الشيء لكنه يداري حزنه، عين الأم لا تخطئ. ولكن بعد وقت أيقنت أنه لا يمكن أن يكون قد عاد إليها، لأن ذلك لم يحدث بعدما انفصلا مباشرة وقد مر وقت طويل، مرت بضعة أشهر على انفصال ابني وصديقته فالوقت يشفي آلام الحب، بالإضافة إلى ذلك فإن الفتاة من مدينة بعيدة على الحدود، لا أعرف ما إذا كانت «أوروجوايانا» أو «باجي» أو «ليفرامنتو»، واحدة من تلك المدن ويبدو أنها عادت هناك. الرحلة طويلة وتستغرق وقتًا طويلًا وابني يحب المكوث في البيت، وما كان ليفعل ذلك دون إخباري، وأكثر من كونه يحب البيت فهو لا يحبذ

هذا النوع من المغامرات، انفصل عنها، نعم انفصل، حسنًا، لن يظل يائسًا على ما فاته بالفعل... انظر إلى صورته سيدي، انظر إذن لترى هل هذه نظرة شخص غير مسالم ولا هادئ، أم نظرة شخص لا يحب التورط في مشاكل. لذلك فإني متأكدة من أن راؤول ليس في هذا المكان، ولكن إذا استطعتم إبلاغ مركز الشرطة هناك أعتقد أنها «أوروجوايانا»، ومن الأفضل إبلاغ «باجي» و«ليفرامنتو» أيضًا، لكن في الحقيقة أنا متأكدة من أنه هنا، إن ولدي في مكان ما هنا في «بورتو أليجري»، وأنا بحاجة إلى مساعدة الشرطة في العثور عليه، من فضلك أنا يائسة، لقد أخبرت سيادتك بالفعل، إنه ابني الوحيد، لا أعرف ما إذا كنت ذكرت ذلك من قبل، ربما يعاني من فقدان للذاكرة، فقدان جزئي... هكذا تقال، أليس كذلك؟ هذه الأشياء يمكن أن تحدث في بعض الأحيان، ربما يكون ذلك ما حدث، ربما هام على وجهه يتجول في أنحاء المدينة، نفس المدينة التي ولد وعاش فيها دائمًا. «راؤول دوس سانتوس فيجيرا» هو اسمه، عنده خمسة وعشرون سنة، وسوف يتم ستة وعشرون في ديسمبر، يبدو أكثر بدانة قليلًا من الصورة، سوف أترك الصورة هنا في مركز الشرطة ثم تعيدونها إلي؟ هل يمكن ذلك؟ لعمل نسخ منها ونشرها في جميع أنحاء المدينة، أنا متأكدة أننا سنجد ابني، وبفضل الله ربنا سيكون بخير، وأرجو ألا يسمح الرب بأي مصيبة تحدث لابني لأنه إذا حدث أي شيء له، فإن المصيبة هي مصيبتي، وإذا لم يبق لي ابني لن يبق لي شيء... أفضل الموت يا بني! آسفة سيدي... آسفة لأني أبكي كثيرًا.

الفصل الخامس

«بورتو أليجري»
الأحد/ 21 يونيو 1970
الساعة الحادية عشر والنصف -
يوم نهائي كأس العالم

الشمس... الضوء...

وهذا العمى.

راح راؤول يفتح عينيه وأول ما رأى رأى نفسه، لا يزال مفككًا من بعضه ولكنه مستعد لفرحة بداية جديدة، ممسكًا بيد غطاء الرأس الممزق الذي تركوه له دونما سبب، فتح عينيه ببطء، فتحها قليلًا لأن سطوع شمس الصباح يمكن أن يؤذي نظره الذي لم يشهد سوى الظلام في الآونة الأخيرة، ثم قليلًا كي يستمتع بالتدريج بهذه البهجة اليومية التي لم يكن منتبهًا لها من قبل. نظر أولاً إلى أسفل ثم صعد بنظره شيئًا فشيئًا، كي يتأكد من أن جسده كان كاملاً، في ذلك الشارع وفي تلك المدينة المجهولة، كان نوعًا من الفرح

الساذج أن يرى أنه هناك كله، نعم، على الرغم من أن جسده يؤلمه وأن اللكمات والصدمات والرعب كانوا لا يزالون موجودين وقد لا يزولوا أبدًا، الحقيقة أنه كان على قيد الحياة مرة أخرى، وأن الموت الذي أوشك عليه من فرط العذاب قد ذهب فأخذ يبكي، جلس على حافة الرصيف وانهمر في البكاء، ممتن لذلك الصباح ومذهول من كم شر النظام، ومن هذا الجحيم الذي تحولت أيامه إليه دون تفسير، لماذا فعلوا ذلك به؟ لماذا سببوا له الكثير من الألم والإذلال؟ لماذا هذا التعذيب المسطر إلى الأبد على جسده وفي روحه؟ صرخ لبضع دقائق وهو جالس غير مكترث بأي من المارة، ثم صلى شكرًا للسيدة العذراء كونه ما زال على قيد الحياة، وعندها فقط أدرك أنهم لم يعيدوا السلسلة التي عليها صورة العذراء إليه... أوغاد.

وبعد الصلاة، جلس لبعض الوقت على الرصيف ينظر إلى المدينة الجديدة التي ظهرت له، نظر حوله... نعم، المكان يشبه نفس المكان الذي اختطفوه منه قبل أيام، «بورتو أليجري»، شارع هادئ وبيوت هادئة، منازل للطبقة المتوسطة معتنى بها جيدًا، والأشجار تحف الطريق بظلالها الوارفة والسيارات متراصة، وهناك بعض الحدائق المزهرة والعصافير تزقزق في صباح يوم صافية سماؤه - يا إلهي - أخذ يفكر، لا أحد هنا في هذا الشارع يعرف كم عانيتُ! وكم من أناس آخرين مثلي عشوائيًّا ودون أمل، بينما باقي الناس عيونهم مغلقة ويجهلون، يتسوقون ويذهبون إلى أعمالهم ويقرأون الصحف ويضحكون ويهللون لفرقهم الرياضية ويؤدون صلواتهم ويمشون الكلاب في وضح الأيام

الزائف، غير مدركين للصرخات التي تدوي في الأقبية القريبة؟ هذه الحياة الهادئة ماذا عساها أن تعرف؟

اقتربت سيدة تحمل شنطة من الكرتون بها مشترياتها من السوق، كانت تمشي مشتتة، ربما تفكر بالفعل في قائمة غداء الأحد، خطوات من لا يفكر بأي شيء خطير على الإطلاق. لم تلمح راؤول وإذا رأته حتى لم تكن لتوليه أي اهتمام، وقف راؤول في هبَّة يملؤها الألم كي يستدل منها على معلومات ولأن مشهد المرأة المعتاد تقترب كان له قوة حركت مشاعره، لكن قفزة راؤول جعلت السيدة تخاف، وضمت دون أن تدرك إلى صدرها حقيبة التسوق التي تحملها.

- صباح الخير سيدتي، هل تستطيعين...

- ليس معي فكة!

وانطلقت المرأة كما لو كان الرجل الذي أمامها يمثل لها تهديدًا مفاجئًا، وأنها بمقاطعتها له يمكنها أن تختفي من أمامه، نظرت إليه من أعلى إلى أسفل نظرة مليئة بالاشمئزاز والخوف معًا، وركزت نظراتها على غطاء الرأس الذي لا يزال راؤول يحمله دون أن يدرك، ومن خلال نظراتها استطاع أن يدرك بؤس مظهره.

- لا! أردت فقط...

- ليس معي فكة قلت لك! ولا تقترب وإلا استدعيت لك الشرطة!

الشرطة... راح راؤول يفكر أن الشرطة هي التي أفرجت عنه للتو، هي التي تركتني في هذه الحالة التي تخيفك الآن كثيرًا يا سيدتي، وهي التي وضعت هذا الغطاء على رأسي، ذلك الذي يخيفك مجرد وجوده في يدي الآن، وهي التي تركت هذه الندبات على وجهي والتي ترعبك الآن ولا أعرف متى ستزول، لكنه لم يقل شيئًا من ذلك، فماذا عساها تفهم هذه المرأة؟ وماذا لو كانوا ينظرون إليه؟ وماذا لو كانت المرأة واحدة منهم؟ آه، إن ألم فقدان الثقة سوف يلازمه مدى الحياة.

- آسف يا سيدتي، كنت فقط سأطلب منك معلومات ولكن لا يهم.

ولم يزد على ذلك، فقط وقف يرمق المرأة التي ابتعدت في خطوات مخيفة كانت أشبه بالركض، وعادت تفكر بهدوء في تحضير الغداء الذي قطعه عليها، ثم نظر راؤول إلى نفسه عن كثب وبطريقة ما، عذر المرأة لخوفها منه، كان منظره مثل خيال مآتة حزين، وعلى الرغم من أن حركاته لم تنبئ بتهديد إلا أن رائحة السجن وملابسه المتسخة، وشحوب وجهه المريض، شعره المتسخ وذقنه الطويلة، نظراته المفزوعة من كل شيء... بالطبع، كان ذلك كافيًا ليبعث على الخوف. حاول أن يستقيم قليلًا، وأن يفرد بيديه الضعيفتين القميص والسروال، ثم تذكر أن يفحص إذا كانوا قد أعادوا إليه المال والوثائق، أخرج المحفظة من جيبه وفحصها، وجد بطاقة عضوية نادي «إنترناسيونال» وبطاقة الهوية، وصورة نظيفة

أنيقة، لحية محلوقة وشعر ممشط جيدًا مثل أولئك الذين يؤمنون بالمؤسسات والنظام والتقدم، كما تركوا له المال الذي كان معه في تلك الجمعة التي مضي عليها قرون عندما كان ذاهبًا إلى السينما، ينوي أن يشرب بعض البيرة ويحاول ألا يتذكر سونيا، فقط لم يعيدوا السلسلة إليه، نظر إلى غطاء الرأس وهو لا يزال منسيًّا في يديه، فجأة شعر بالاشمئزاز من تلك الخرقة ذات الرائحة الكريهة حتى أنه قاوم شعوره بالغثيان المفاجئ، ألقى به على الأرض وفرك يديه في سرواله محاولاً تنظيفها من الأوساخ غير المرئية، بينما أخذ يدفع بقدمه الغطاء ناحية الرصيف كما لو أن هذه الركلات لديها القدرة على إخفائه وجعله يتلاشى من الوجود، وبعد أن هدأ روعه قرر المشي قليلًا لمعرفة ما إذا كانت رجلاه يمكنها أن تمشي في فضاء أكبر من الزنزانة الصغيرة التي كان حبيسًا فيها، والتي كان سجانوه يسمونها بيتًا في سخرية متبجحة أو منزلًا، كانوا يقولون له تمتع بالنعيم في المرات التي كانوا يلقون به على المرتبة الرقيقة أو على الأرض الرطبة بعدما يوسعونه ضربًا.

لم أرد تضييع الوقت، لأن الرجال قالوا أنهم كانوا يراقبونني... يراقبونني! تملك الهلع من راؤول وأفاق فجأة من هذا الموقف، هؤلاء الرجال يمكن أن يكونوا مراقبين خطواتي وحركاتي، حتى متى وأين هم؟

وماذا فعل حتى يريدون السيطرة عليه؟ تلفت حوله، خوف جديد في عينيه، هذا الخوف الأبدي الذي زرعوه فيه، هل يختفون

خلف جدار؟ هل يراقبونه من نافذة أي من هذه الشقق خلف ستائر بيضاء أو مزهرة يخفون وراءها شرورهم؟ أم ينظرون إليه من برج مراقبة من فوق منزل كبير؟ هل يطاردونه من بعيدًا عند النواصي؟ هل يتبعونه متخفيين؟ المرأة التي معها حقيبة التسوق! هل يراقبونه من داخل سيارة يستعدون لمطاردته في طريقه المفقود؟ أم هل هناك إنسان آلي شرير متخفي في شكل طائر أو شجرة أو شارع أو مصباح أو ظل؟ إنه الهلع...

وكيف حال أمي يا ترى؟ فكر وهو أكثر فزعًا، هل فعلوا بها شيئًا؟ في أي حالة من الضيق تكون وهي التي لم تره يغادر المنزل دون أن يعود، وهي التي كانت تبقى مستيقظة تنتظره في بعض الأحيان؟ كم يؤلمها قلبها؟ كم عدد التجاعيد الجديدة التي ظهرت على وجهها؟ كانت معاناة راؤول مزدوجة في الوقت الذي سُجن فيه، مرة من أجله ومرة من أجل والدته، ثم تذكر أنهم أمروه ألا يعود إلى المنزل إلا حينما يحل الليل، لكنهم لم يمنعوه من الاتصال. كان معه رقم هاتف الجارة في محفظته، وكان يعرف أنها ستركض إلى منزله عن طيب خاطر وبسعادة غامرة أيضًا إذا اتصل بها وطلب منها أن تعلم أمه إنه بخير، فقط هذا، فكر... مكالمة هاتفية لبضع ثوان فقط ليقول أنه كان بخير، نظر في المحفظة، كانت الورقة هناك وابتسم راؤول، لقد أعادوا الورقة واستعاد التفاصيل الصغيرة، ربما يمكن أن تستمر الحياة رغم كل شيء، لتسير طبيعية مرة أخرى بل ويمكنه أن يتمتع بحريته كاملة، صار يلعب بالورقة في يديه، يطويها ويفردها لمجرد الشعور بأنه يفعل

شيئًا بإرادته، بينما يكرر بهدوء بينه وبين نفسه ودون أن يدرك كلمة «الحرية».

أحتاج هاتفًا، فكر وبدأ يسير نحو بعض الصناديق المكشوفة على الرصيف في المربع السكني التالي، ويبدو أنها كانت لعرض ثمار أحد المحلات، لكنه خطا بعض خطوات ثم توقف، وبدأ وخز الخوف فجأة يحذره من أن الحياة لن تعود إلى طبيعتها بهذه السهولة، لا بد وأنهم يعرفون هاتف الجارة ويعرفون أين يعيش ويعرفون أمه، ويعرفون كل شيء عن حياتهم، حتى أنهم يعرفون أنه بريء وسيعرفون حينها أنه اتصل، كما أن الاتصال ليقول أنه بخير لن يختلف كثيرًا عن الوصول إلى المنزل ليعلمهم أنه بخير؛ ربما تساوى الأمر بالنسبة للرجال الذين عذبوه، لن يختلف الأمر كثيرًا، وإذا اتصل الآن فلربما عادوا، ومجرد رجوعهم كان كابوسًا ليس له ليل أو نهار، فكر راؤول وهو يضع الورقة الصغيرة ثانية في المحفظة أنها حرية غير مكتملة. جلس مرة أخرى على حافة الرصيف وجسده مليء بالقروح ونظرته شاردة، لقد كانت هي «بورتو أليجري»، نعم... لكن عينيه غير المعتادتين على النور ما زالتا تطلبان التأكيد. قال لنفسه: «أنا تائه».

مر عليه شاب يُصفر موسيقى أغنية شهيرة وكان في نفس عمر راؤول، يرتدي قميصًا وسروال جينز وحذاءً رياضيًّا ماركة «بامبا»، هذا الشاب لن يخاف، نهض راؤول بصعوبة وحاول ألا يبدو بائسًا بينما كان الآخر لا يزال يقترب منه.

- صباح الخير يا صديقي! من فضلك، هل يمكن أن تخبرني هل هذه هي مدينة «بورتو أليجري»؟

نظر الرجل إلى راؤول باستغراب كما لو كان لم يفهم السؤال جيدًا:

- «بورتو أليجري»؟ (سأل كي يتأكد).

- نعم، إنني فقط تائه قليلًا، هل هذه مدينة «بورتو أليجري»؟

ضحك الرجل الآخر قبل الإجابة:

- نعم بالطبع! إنها «بورتو أليجري»، نعم... وهذا حي «بوم فيم»!

- شكرًا، (ثم تذكر إن أيام السجن قد فككته من بعضه)، إذن أنا قريب من حي «أوسالفو أرانيا»؟

- نعم، اتجه يسارًا في أي من هذه الشوارع ثم امش بشكل مستقيم وبعد بضعة مربعات سكنية ستجد نفسك هناك، (وضحك مرة أخرى...) لكن هل أنت تائه حقًا، ها أيها الصديق؟

- لا... لا...

قال راؤول بينما أخذ يخترع قصة فهو لا يثق في أحد الآن:

- إنني ينتابني في بعض الأحيان نوبات فقدان ذاكرة، فتتوقف

ذاكرتي... وأصاب بالنسيان.

- آه، لا بد أن تعرف ما يصيبك! فقدان الذاكرة مثل هذا يمكن أن يكون خطيرًا، هل زرت الطبيب؟

ولكني أريد فقط أن أنسى، (فكر راؤول)، وضرب الصبي بأطراف الأصابع على رأسه كما لو كان يشير إلى بعض اختلال أو جنون معين.

- نعم... نعم... وقال أنه لا شيء، وأن كثيرًا من الناس يعانون نفس الأعراض.

- نعم... (أجاب الآخر مستغربًا).

إذا قلت ما حدث لي، إذا حكيت عن التعذيب الذي مررت به من لكمات وصدمات وصرخات وتهديدات وبرد، إذا أخبرته عن الإذلال، وإذا أخبرته أنه طُلب مني أن أبقى عاريًا دونما سبب، وعن الازدراء والشر... نعم... هذا هو الجنون، لكنه حدث كما لو لم يكن.

- وما هو اليوم؟

ضحك الرجل:

- آسف على الضحك ولكن من المضحك سماع مثل هذا السؤال، (وأجاب): إنه الأحد.

- الأحد الموافق لـ...؟ (استمر راؤول في السؤال).

- الأحد 21 يونيو 1970، نهائي كأس العالم! بين البرازيل وإيطاليا مع «إيفيرالدو» في الملعب!

ثم أضاف:

- والآن عفوًا، أنا مضطر أن أذهب، ستبدأ المباراة بعد قليل واليوم سنرى البرازيل بطلة العالم لثالث مرة!

الفصل السادس

«بورتو أليجرى»
يوم السبت/ 13 يونيو 1970
حوالي التاسعة صباحًا

تمكن راؤول من النوم بعدما بكى بكاءً هادئًا لوقت طويل لكنه غير معلوم مستلقيًا على فراش رقيق قذر، كان الرجال قد سمحوا له أن يحتفظ بالسروال والجورب والقميص الأحمر كما لو كانت مكرمة منهم، ومع ذلك فقد أخذوا منه محفظته والوثائق والحزام، وسلسلة بها صورة للسيدة مريم العذراء التي كان مكرسًا نفسه لها منذ أيام المراهقة كصبي للمذبح، والحذاء؛ بطبيعة الحال بحيث لا يستسلم لرغبته في شنق نفسه برباطه، لذلك كان مذهولًا عندما شعر بسن حذاء يدغدغ بطنه بخفة تكاد تصل إلى المزاح، فتح عينيه بالفعل في حالة من الذعر لرؤية الرجل الذي ضحك وهو يوجه الضربات:

- استيقظي أيتها الجميلة النائمة! هذا ليس فندقًا!

جلس راؤول ببطء على المرتبة، شعر قليلاً بالدوار من النوم والكثير بسبب هذا الكابوس الذي تيقن أنه يحدث بالفعل، فرك عينيه ووجهه

ثم مرر يديه على شعره، وثناها على شكل صدفة أمام فمه وشم رائحة نفَسه:

- هل يمكنني غسل أسناني؟

أشار الرجل إلى الحوض في زاوية الزنزانة:

- لا يوفر فندقنا فرشاة أو معجون أسنان. (وقال ساخرًا): لكن سعادتك يمكنك أن تغسل نفَسك.

ثم غير النغمة:

- ثم نذهب إلى الحديث... الحديث بجدية.

نهض راؤول بشيء من الصعوبة بسبب النعاس وهذا الخوف الذي لم يتوقف، وذهب إلى الحوض. استغرق الماء وقتًا طويلًا للخروج وعندما حدث ذلك، نزلت دفقات من المياه الداكنة والمائلة للملوحة، انتظر بعض الوقت حتى أصبح مجرى الماء أكثر تجانسًا، ثم غسل وجهه ويديه وتمضمض قليلًا، حتى يتبدد على الأقل جزء من رائحة فمه الكريهة، ثم استجمع بعض شجاعته وأخذ بضع رشفات من تلك المياه الداكنة، كان طعمها سيئًا لكنها كانت مياهًا وكان العطش كبيرًا. عندما استدار أدرك أن الرجل قد جلب كرسيًا إلى الزنزانة وجلس بحزم واستقر عليه، حينئذٍ أمعن النظر فوجده يرتدي بذلة رمادية من ماركة جيدة، وقميصًا أبيض وربطة عنق داكنة بخطوط صفراء رقيقة، ومنديلًا حريريًا فاتحًا في جيب سترته، مزيج من الأشياء التي تظهر اهتمامه بالأناقة، كان الحذاء الذي يداعب به جنبيه يتكون من

لونين بدا وكأنه قد جاء من المتجر للتو، كان شعره مصففًا بعناية في موجة ناعمة من اللمعان، شاربه الرقيق المقصوص بدقة فائقة يعطي انطباعًا بأنه يقوم بتهذيبه كل يوم، كانت يد الرجل طويلة ونحيفة مثل أيدي هؤلاء الذين لم يتعبوا في أداء عمل شاق، وفي إصبعه البنصر من اليد اليسرى خاتم يعلوه فص من حجر الروبي المقلد، كانت ابتسامة الرجل تبدو ثابتة، وفي الزاوية اليسرى من فمه كان هناك وهج مختلف غامق بعض الشيء، وبعد مرور بعض الوقت اكتشف راؤول أنه سن ذهبي، ولكن ما لفت الانتباه حقًّا في ذلك الرجل كانت عيناه، عينان تخلوان من الحيوية، صغيرة وقاسية لا تتماشى مع ابتسامته التي لا تتغير ويفوح منها خبث طبيعي معين تكاد تكون فخورة بكونها سيئة. ودون معرفة السبب، كان راؤول يخاف هذا الرجل أكثر من خوفه من هؤلاء الذين اعتقلوه الليلة الماضية.

أمره ذو ربطة العنق بالجلوس وأشار إلى المرتبة، جلس راؤول مطيعًا.

- ما اسمك؟

- راؤول دوس سانتوس فيجيرا. (رد بصوت خافت).

- العمر؟

- خمسة وعشرون سنة.

- أين تعيش؟

- بورتو أليجري.

- والعنوان؟

راؤول يلهث... هذه الرهبة وهذا التوتر الذي يتجدد في كل لحظة، كان ذلك كثيرًا عليه، ثم أيقن أنه لم يعد يتذكر العنوان، نكث برأسه محاولًا أن يتذكر وأراح جبهته على يديه الرطبتين، ثم كما لو كان استسلامًا:

- لا أتذكر.

- ألا تتذكر عنوانك؟ (تظاهر الرجل بأنه قد تفاجأ مستمتعًا).

حاول راؤول بجد مرة أخرى، حاول أن يبحث في الذاكرة عن أي فاتورة كهرباء، أي حرف أو لوحة على ناصية الشارع الذي كان يعيش فيه، ولكنه لم يتذكر أي شيء عليه اسم سوى الفزع.

- لا أتذكر... آسف، لا أتذكر... (اعترف مستسلمًا).

ابتسم الرجل، ثم وضع يده على كتف راؤول بحزم شديد بدا لا يتماشى مع نعومة مظهره.

- لا داعي للتذكر، فالاسم والعمر والعنوان واسم الأم، كل ذلك نحن على علم به، هذه التفاهات نحن نعرفها جيدًا، ومن الجيد أنك تعرف أننا نعلم كل ذلك عنك، قد لا تتذكر عنوانك لكننا نتذكر، وعندما نريد العثور عليك سوف نفعل.

ثم رفع يده عن كتف راؤول المرعوب واختفى عن وجهه كل ما يشبه الضحك.

- ولكنك الآن ستبدأ بإخبارنا بما لا نعلمه.

الفصل السابع

«بورتو أليجري»

السبت/ 4 أبريل 1970 - منتصف الليل تقريبًا

كانت السيارة «فولكس فاجن» الزرقاء المسروقة منذ أيام خطيرة، خطيرة جدًا، إذا أوقفتهم أي دورية للشرطة فلن يستطيعوا تبرير موقفهم، بالإضافة إلى ذلك كانوا متعبين، فقد حددوا يوم السبت ليقوموا بعملية الاختطاف، وراقبوا تحركات القنصل الأمريكي طوال اليوم ولكن لم يحالفهم الحظ. في وقت العصر، بدا لهم أن الفرصة قد سنحت لكنهم خدعوا، عندما دخل «كيرتس كارلي كوتر» بسيارته ماركة «بلايماوث» في الجراج، كانوا قد خططوا لقطع الطريق على السيارة عند خروجها، واختطاف القنصل بسرعة ووضع جسده الضخم في المقعد الخلفي للسيارة، وأخذه إلى مكان الاختباء حيث يحتفظون به طالما كان ذلك ضروريًا، وحتى يتفاوضون على مبادلته ببعض الزملاء ليفرج عنهم وينالون حريتهم، كان هناك اثنان من الرجال ينتظران ببنادقهما في متناول أيديهما جاهزان للتصويب، ولكن في وقت خروج السيارة من الجراج، ظن أحدهما أنه رأى أطفالًا داخل السيارة، وأعطى

إشارة سريعة وحازمة لإيقاف المهمة؛ في لحظة أدخل كل منهما سلاحه حتى يتبينا الموقف ليكتشفا بعد ثوان أنهما مخطئين وأن الدبلوماسي كان وحيدًا في سيارته.

لذلك، عندما بزغ فجر يوم الأحد تقريبًا، وعندما لمحوا سيارة القنصل تقترب قرروا أن ذلك هو الوقت المناسب، يجب أن ننفذ الآن، لن يكون هناك فرصة أخرى سانحة، فقد كان قادمًا من عشاء في منزل أحد الأصدقاء وربما شرب بعض الخمور، كان «كيرتس» يقود السيارة أثناء الاستماع إلى محادثة بين زوجته ورجل مصرفي كانا يوصلانه في طريقهما. سارت السيارة في شارع «فاسكو دا جاما» وعندما كانت على وشك دخول شارع «ميجيل توستيس»، اعترضتها «الفولكس فاجن» الزرقاء وتجاوزتها في مناورة سريعة وغير محكمة، اصطدم مضاد الصدمات (اكصدام) الفولكس الخلفي باكصدام «البلايماوث» الأمامي المتين، وقفز ثلاثة رجال مسلحين وملثمين من السيارة ليبدأوا الاختطاف.

في تلك اللحظة، عندما بدأت سيارة الدبلوماسي في الهروب، أومأ أحدهم والذي بدا أنه رئيس العصابة للآخرين بألا يطلقا النيران على من بالسيارة، في نفس اللحظة، صوب بسرعة كما لو كان يتدرب وسحب زناد مسدسه طراز 45 مل وصوبه بعناية على الجزء الخلفي من السيارة، أطلق الرصاصة التي مرت عبر زجاج السيارة وأصابت كتف القنصل مما جعله يصطدم بعجلة القيادة، سألت زوجة الدبلوماسي في ذعر عما يحدث، فأجابها:

- تبًا، لقد أصبت! (صاح القنصل بينما استمر بالقيادة).

تمكن القنصل من الوصول بالسيارة إلى مقر سكنه الرسمي وهو يشكر جميع الآلهة على أن الخاطفين لم يستمروا في مطاردته، وضغط على النفير بإصرار ولكن الشرطة التي كانت مكلفة بحراسته استغرقوا وقتًا طويلًا حتي يستيقظوا.

في المنزل، اتصل بالإسعاف لكنها لم تصل أبدًا، بحث عن مستشفى في الحي لكنه لم يجد من يعتني به، وتم علاجه فقط في غرفة الطوارئ عندما بدأ يتوافد الصحفيون. كان الخاطف الجريح يتابع فرار زميليه وهروبهما وهو ملقى على الأرض في ذهول، ثم بدأ يمشي وهو يئن ويعرج بقدر ما سمح له الألم في كاحله، مشي ببطء ويأس نحو الشقة السرية التي كان يستخدمها، فبالنسبة له لم يكن هناك فرصة للذهاب إلى أي مستشفى. لم يأخذ القنصل وقتًا للتفكير حتى صاح: «فقط استعدوا للانطلاق»، وبينما قفزت المرأة والصديق إلى أرضية السيارة حتى دون معرفة ما يحدث، أسرع قدر استطاعته وصنعت قوة البلايماوث الهائلة الفارق أمام الفولكس المسروقة، عندما تمكنت سيارة القنصل من الانطلاق كما لو كان لا يوجد شيء في طريقها، ودهست كاحل رجل أحد الخاطفين عندما وقع في طريقها.

الفصل الثامن

«بورتو أليجري»
السبت/ 13 يونيو 1970
حوالي العاشرة صباحًا

اقترب السن الذهبي من وجه راؤول المنكس وحذره:

- أحذرك الآن، لن أمسَّ إصبعًا لك...

وضع إصبعه على كتف راؤول وهو معجب بنفسه وبظرفه.

- ولكن ليس الجميع هنا لطفاء مثلي، هناك بعض الشريرين حتى أنا أخشاهم، لذا أحذرك أيضًا، قل كل ما تعرفه ذلك أفضل لسلامتك.

- كل شيء عن ماذا؟ (انزعج راؤول دون أن يعرف شيئًا).

- هششششش! (وضع الرجل إصبعه الطويل على فمه)، لم أنته بعد، من الأفضل أن تتعاون، إذا قلت الحقيقة ستكون خدمة للبلد وللنظام وللحرية، وسيكون ذلك تعبيرًا هائلًا عن وطنيتك التي ستساعدنا على تنظيف البرازيل من هؤلاء

الشيوعيين المقرفين، (تخلى صوته عن الهدوء للحظة)، هؤلاء الملاعين المخربين الذين يريدون القضاء على البلد! لكننا الوطنيون من هذه الأرض سوف نقضي عليهم قبلها.

ونظر إلى راؤول بثبات بتلك العيون الميتة المرعبة وأكمل:

- أنت لست شيوعيًّا، سنرى ذلك فيما بعد، إنها جملة تستخدمونها دومًا، أنت بريء مُغرَّر بك، مادة خام للمناورة، تنتمي إلى الطبقة العاملة الفقيرة، إذا أردنا استخدام ما يروق للشيوعيين من ألفاظ... لكن ما فعلته عليك الاعتراف به، وما تعرفه عليك أن تخبرنا به...

- ولكن أخبرك بماذا؟ (بدأ راؤول يشعر بالقلق بشكل متزايد واستغرب).

أشار له الرجل بيده ليهدأ، وأدرك راؤول رغم ذعره أن هذا التأخير والصمت للحظات والحديث بهدوء، والابتسامة الثابتة كان جزءًا من أساليب الإرهاب، لكن عدم اليقين والتوقع، كل ذلك احتفظ به داخله.

- وبتعاونك معنا سوف تخدمني شخصيًّا، لأنه كما ترى (ونظر إلى معصمه كمن يتأكد من اليوم والساعة) اليوم هو يوم سبت، صباح السبت، وهو يوم البقاء في المنزل واللعب مع الأطفال والحديث مع الزوجة والمكوث مع العائلة، وهذا أهم شيء على الإطلاق، مشاهدة التلفاز، القيام ببعض الإصلاحات،

وشرب الشاي مع الجيران، وتلك الأشياء الطيبة في الحياة لكن تخيل، اتصلوا بي وقالوا: «سعادة الريس، أمسكنا الرجل»، ولذا ولأن لدي إحساس شديد بالواجب، نسيت اللعب مع الأطفال والحديث مع الزوجة، وغادرت المنزل في منتصف صباح السبت وجئتُ للتحدث معك، قطعت راحتي وها أنا ذا، لقد استبدلتُ شمس الصباح ببرودة ورطوبة هذه الزنزانة. نعم... هل تتخيل أن ذلك يعجبني؟ لا، أنا لا أحب ذلك... بالطبع لا أحب، لذا كلما تعاونتَ أكثر كان أفضل. (وتوقف الرجل كما لو كان يحاول تذكر أي تفاصيل مهمة).

- وقبل أن أنسى، لا تفكر أن أي شخص سيتمكن من العثور عليك هنا، محامي مثلاً، عائلة، صديق، صديقة، حبيبة، كنيسة، يمكن أن يبحثوا كما يروق لهم. (وأشار إلى الزنزانة والممرات المظلمة في حركة مسرحية إلى حد ما)، لا أحد يعلم شيئًا عن هذا المكان، لا أحد.

ثم اعتدل في جلسته على الكرسي، ووضع ساقًا فوق أخرى واتكأ عليهما بذراعيه في ثقة، ظل صامتًا لبرهة قصيرة كما لو كان وحده في المكان، وعرف راؤول أن ذلك جزء من الرعب وبعدها نظر إلى السقف والجدران والسلالم، عندها فقط سأل:

- قل لي كل ما تعرفه عن اختطاف القنصل الأمريكي، أقصد محاولة الاختطاف الفاشلة. (صحح لنفسه).

حاول راؤول أن يتذكر الأخبار المدوية التي قرأها في الصحف، ومقابلات رئيس الشرطة، وصور القنصل نفسه محاطًا بأولاده، التعليقات التي سمعها دون اهتمام، ونكتة أو أخرى عن الموضوع، كان الرجل يدعى كارلي تقريبا مثل شخصية «كارلي» الذي كان يمثل مع فرقة «المهرجون الثلاثة»، كان ذلك هو كل ما يعرفه لا شيء أكثر.

- فقط ما نُشِر في الجرائد وأذيع في الراديو.

- لا يهمني ذلك، ما نُشر في الجرائد قرأته أنا أيضًا، أريد أن أعرف ماذا فعلت في عملية الخطف وماذا كان دورك؟ وأريد أيضا أسماء جميع الأفراد، أولئك الذين لا يزالوا طلقاء، بالطبع لأن معظمهم تم حبسه بالفعل، مثل « بايشاو» و»إدمور» وجميع أصدقائك، كلهم يقضون وقتهم في فندق مثل هذا، لكن ثمة أخبار أن هناك عددًا أكبر من الناس متورط في هذا الهراء، لذا عليك الاعتراف الآن. (انزعج راؤول فلم يكن لديه ما يعترف به).

- لا يا سيدي، لا علاقة لي بذلك! ليس لدي أي علاقة بالاختطاف أو بأي شيء من هذا القبيل، أحلف بالله! يمكن لحضرتك التحقق من منزلي، من الحي، من عملي، تحدث إلى مديري! أنا أعمل في بنك، أنا لا أشارك في أمور السياسية ولا أعرف ما يحدث!

- أنت تعرف أن أحد المتهمين المسجونين كان موظفًا في بنك أيضًا، وكل مجرم عندما يسقط، يقول أنه لا يعرف أي شيء ولم يفعل أي شيء، وأنه ملاك نزل من السماء وكل هذا الهراء! يبدو أن السجون ليس بها إلا الأبرياء! ترى هل سنصدق ذلك! أو هل تعتقد أنك اعتُقِلتَ بطريق الخطأ؟

- لا يمكن إلا أن يكون الأمر كذلك يا سيدي! فأنا لا أعرف شيئًا عن هذا الاختطاف ولا أستطيع أن أعطيك أي معلومات!

لمس الرجل من جديد كتف راؤول المهزوم، وضغط بالإصبع النحيل ضغطة ثابتة ثقيلة أكثر مما ينبغي كنوع من التحذير، ونظر إليه للحظات كما لو كان يتفحصه، وفي تلك الثواني أدرك راؤول مرة أخرى حجم الغضب الموجود في تلك العيون.

- دعنا نختصر هذه القصة يا فتى! اعترف وأنا أضمن لك معاملة جيدة هنا في السجن، أعطني الأسماء الحقيقية لكل واحد وأخبرني أين يختبئون... هيا، لنبدأ من جديد، من الذي يترأس الـ «في بي آر»؟

- ماذا؟! (سأل راؤول).

- لا تدعي العبط، فأنت تعرفه أفضل مني، الـ «في بي آر» هو تنظيم الطليعة الشعبية الثورية، أعطني أسماءهم هنا في الولاية وأخبرني ما هو دورك، أين تجتمعون وأين الجهاز؟

- لكني لا أعرف أي شيء، أقسم لك! ليس لي علاقة بذلك الكيان!

- ماذا كنت تفعل يوم 4 إبريل؟

- ماذا؟

- لا تدعي الصمم! ماذا كنت تفعل في الرابع من إبريل؟

- لا أتذكر يا دكتور، لقد مر وقت طويل! (قام راؤول دون أن يدرك بتسمية الرجل «دكتور»).

- كي أنعش ذاكرتك، في 4 إبريل، كنتم تحاولون خطف القنصل الأمريكي هنا في بورتو أليجري، وذلك لم يحدث فقط لأنكم أغبياء! أخذتم سيارة خنفساء وحاولتم أن تصدموا بها سيارة ضخمة، لا بد وأنكم حمقى حتى تفكروا بالقيام بمثل هذا الهراء! ولكن هذا بالطبع، سبب لنا الكثير من المشاكل، ذهبتم إلى صيد سمكة كبيرة دون معرفة كيفية القيام بذلك، وبعد ذلك احتجنا لزيادة ساعات العمل، فتم القبض على مزيد من الناس، وأجرينا المزيد من الاستجوابات وتعاملنا بمزيد من القسوة، إن الهراء الذي قمتم به جعلني على سبيل المثال مضطرًا للعمل أكثر! لماذا لا تذهبوا إلى كوبا وتتركونا في سلام؟

- لكنني لا أعرف حتى ما تتحدث عنه يا دكتور! (أصر راؤول).

- انظر راؤول، هذا ليس اسمك الحقيقي، أليس كذلك؟ لكنه الاسم المكتوب في هويتك، دعني أوضح لك شيئًا، أنا رجل طيب، أنا رئيس، دكتور، مهذب وما إلى ذلك، أعلم أنني لم

أوجه لك كلمات سيئة أثناء حديثي معك، لكن ليس الجميع هنا لطفاء مثلي، هناك أناس سيئون للغاية يعملون معي. وسأقول لك شيئًا آخر، في هذا الجهاز الأسوأ أخلاقًا هم الأفضل مكانة، هناك شخص يدعى «بابلو» على سبيل المثال، يأتي أحيانًا من «ريو دي جانيرو» لتعليم رجالي وإعطائهم بعض الدروس العملية، هذا الرجل صدقني صعب المراس! هو أسوأهم أخلاقًا! وهو قادم إلى هنا، إلى بورتو أليجري لإعطاء بعض الدروس... لا تقع في يديه، لذا حاول إنعاش ذاكرتك وافتح فمك المغلق قريبًا وإلا فإنك ستشتاق إلي كثيرًا.

وتوقف مرة أخرى كما لو كان يفكر مليًا في ما سيقوله بينما ينظر في جميع جوانب الزنزانة:

- أخبرني إذًا، كيف تريدون إيقاف سيارة القنصل الكبيرة وهي «بلايماوث» مصفحة بسيارة خنفساء؟ هل أنتم مجانين؟! الجميع يعرف ذلك لكنكم مجانين وحمير أيضًا!

- أنا لا أعرف أي شيء يا دكتور.

- من كان في السيارة الخنفساء؟

- أنا لا أعرف أي شيء يا دكتور! لقد أخبرتك.

- من الذي كان يقودها؟

- أوه، أنا لا أعرف أي شيء يا دكتور!

- في أي وقت حدث التجمع؟

- دكتور، أنا لا أعرف أي شيء!

- وكيف تريدون أن تضعوا رجلًا ضخمًا مثل القنصل في سيارة كهذه؟

- أنا لا أعرف أي شيء... لا أعرف أي شيء!

- ومن أطلق النار على القنصل؟

- أنا لا أعرف أي شيء دكتور!

- تعني أنك كنت هناك لكنك لا تعرف أي شيء عن الاختطاف؟ (سأله الرئيس بسخرية).

- لكني لا أعرف شيئًا عن أي اختطاف دكتور! أنا لم أكن هناك! لا أعرف شيئًا!

صاح راؤول غاضبًا فصفعه الرجل بظهر يده النحيلة على وجهه، أخذ راؤول يبكي بهدوء دون دموع، كان بكاؤه مجرد دهشة ويأس، أمسك الرئيس ذقن السجين من ناحية أخرى ونظر إليه وهو يلهث بغضب مكتوم قبل أن يقول:

- قلت أنني لن ألمسك أيها الشيوعي الصغيرالمقرف، لقد عاملتك بكل احترام وأنت ترد علي بالصراخ! هذا ليس بيت حماتك، إنه سجن... ما هذا العنف؟ لا بد وأن تقابل الاحترام بالاحترام،

أما العنف فليس له إلا العنف! لا ترغب في التعاون، الآن تحمل ما يجري لك، فقط انتظر وشاهد، إن الأمر سيزداد سوءًا بالنسبة لك.

وفي حركة مفاجئة، أطلق ذقن السجين بعيدًا، نهض من على الكرسي ووضع يده على خاصرته بينما تبعه راؤول وهو يبكي في صمت، وقف الرجل ينظر إلى فريسته لبعض الوقت، وهز رأسه ولم يقل أي شيء، ثم هرش في ذقنه وهندم شعره وبنطاله بسرعة، عدل ربطة عنقه بحكم العادة أكثر من الضرورة، وبعد ذلك قال:

- سأتركك هنا فترة من الوقت وحيدًا، فكر جيدًا فيما هو أفضل لك.

ثم صرخ على رجال السجن:

- ضعوا فطورًا هنا لضيفنا الشيوعي الجديد!

الفصل التاسع

«بورتو أليجري»

السبت/ 13 يونيو 1970

حوالي الثانية ظهرًا

هل هو كابوس يمكن أن أستيقظ منه وأنا أرتعشُ وأتصببُ عرقًا؟ لكنه ليس كذلك، هل هي مزحة سيئة أطلقت فقط من أجل لا شيء؟ لكنها ليست كذلك، هل هو خطأ وهو فعلاً كذلك يمكن أن يعتذروا عنه لاحقًا؟ لكنه ليس كذلك، هل هو اختبار أو أي من تلك الأشياء غير المبررة التي يمكن أن تحدث هنا أو هناك؟ لكنه ليس كذلك، لو كانوا قطاع طرق يمكن أن أستدعي لهم الشرطة لكنهم ليسوا كذلك. هل هي أحلام يقظة أو وهم خاطئ؟ لكنه ليس كذلك، فلم يكن ذلك هذيانًا ولا كابوسًا ولا أي شيء من هذا القبيل، بل كانت حقيقية، كان ذلك يحدث ولم يكن راؤول يعرف متى أو كيف أو ما إذا كان سينتهي أم لا.

لطالما سمع أن ذلك يحدث دائمًا في تعليقات بصوت منخفض وأماكن مغلقة وبصوت يفتقر إلى الثقة ولكن لم يعر ذلك انتباهه

أبدًا، سمع أن هناك اعتقالات وتعذيب، اختفاء وقتل... لكن لماذا يقلق لموضوع كهذا إذا لم يكن يعنيه؟ فهو من العمل إلى المنزل ومن المنزل إلى العمل، وأحيانًا يذهب إلى منزل صديقته سونيا، أين هي الآن؟ كان يذهب إلى سينما أو مطعم، ليس لديه كثير من الأصدقاء وكانت أيامه رتيبة تقريبًا، كانت هذه هي حياته فما هي الأسباب التي تجعله يحضر إلى عالم لم يكن عالمه؟ بذلة رمادية وربطة عنق كل يوم في وقت مبكر صباحًا، نفس التحية لسائق الحافلة، صباح الخير للزملاء، إثبات حضور، ملاطفة العملاء والابتسام لهم، الغداء وحيدًا رفقة صندوق الغداء الذي تحضره الأم كل يوم، بقول، أرز، لحم، بطاطس، سلطة و شريحة خبز أبيض، القهوة واقفًا في الكافتيريا القريبة، العمل حتى بعد الرابعة بقليل، إمضاء انصراف، حافلة العودة، مساء الخير لسائق الوردية، مشاهدة كرة القدم مع الأصدقاء كل أربعاء، مطالعة جريدة «بريد الشعب»، قراءة جريدة «ساعة الصفر» في الكافتيريا بينما يتناول القهوة، الحمام، العشاء، محادثة قصيرة مع الأم، المسلسل وبعض الأفلام على شاشة التلفزيون الملصق عليها السلوفان الأصفر لتلوين الصورة، الذهاب إلى الغرفة، قليل من الوقت لنفسه فقط لتجميع لعبة الصور المتكاملة التي تزيد قطعها على الألف قطعة، قراءة خمس أو ست صفحات من أحدث كتاب أو من جريدة «بلاكار» الرياضية، وعند الساعة العاشرة والنصف ليلًا يطفئ النور وينام. هذه هي حياة راؤول، هادئة وبسيطة لا مجال للمشاكل أو المخاطر، لم يكن هناك سبب للخوف، ورغم ذلك يأتي هذا الكابوس ليحدث بالفعل، عاصفة لم

تنته بعد، هذا ما حدث له في الواقع وهو الرجل ذو البذلة الرمادية والأيام الروتينية، الذي لم يكن عليه أن يقلق لأنه كان حريصًا دائمًا ألا يقع في مشكلة.

من هم هؤلاء الوحوش الذين يضربونه بلا سبب ويريدون إجباره على الاعتراف بما لا يعرفه؟ ما ليس لديه فكرة حتى عنه؟ عملية اختطاف لم تثر أخبارها فيه اهتمامًا كبيرًا والتي مر عليها فقط بعينيه، كيف له أن يعرف أي شيء عنها؟ لم يكن يهتم كثيرًا بالولايات المتحدة ولا بالقنصل، لم يهتم كثيرًا بالوضع حتى في البرازيل، ألم يكن كل شيء على ما يرام بالنظام والتقدم كما يقول الراديو والتلفزيون؟ وهو لم يسبق له أن سمع عن «في بي آر»، لم يكن يعرف لماذا يقاتلون، كان مجرد مصرفي حسن السير والسلوك، مصرفي نموذجي. من ظنوه إذن ولماذا لا يتداركون هذا اللبس من البداية، وأنه لا يعرف شيئًا، وأن ردوده السلبية كانت حقيقية للغاية، تماما كبكائه وصراخه من الألم؟ لماذا فعلوا به ما فعلوا هؤلاء الوحوش؟ ولماذا كانوا متوحشين هكذا؟ أولئك الذين كانوا يتلذذون بالضرب، أولئك الذين تظاهروا بأنهم لا يستمتعون بفعل ذلك، كلهم سواء... كلهم وحوش.

هذه الديكتاتورية - تعثر وهو ينطقها - تلك الكلمة التي ينطق بها للمرة الأولى، هل سأغادر هذه الزنزانة؟ فكر في هذه المصيبة الباردة، ما زال لا يعرف إلى أي مدى يمكن أن يذهب الجهل والقسوة بالرجال الذين سجنوه، وربما أخافه ذلك أكثر. عندما يكتشفون -لأن عليهم أن يكتشفوا- أنه ليس له علاقة بخطف

القنصل وأنهم اعتقلوا وعذبوا الشخص الخطأ، ماذا سيفعلون بي؟ هل سيفرجون عني؟ هل سيسمحون لي بالرحيل؟ هل سينظر شخص ما إلي بعين الاعتذار؟ أم سيجعلونني ببساطة أختفي - وما أنا إلا واحد مفقود- ولن أكون شيئًا ولا شخصًا مهمًا، فأنا مجرد جسد بلا مخالب مُلقى في مكان مجهول، على الأقل بالنسبة لأولئك الأشرار الذين لا يشغلون أنفسهم بشأن الآخرين، من السهل عليهم جدًا أن يكملوا الخطأ إلى النهاية، حتى لو لم يصلوا إلى نتيجة. نعم ، هذا ما كان يمكن أن يحدث، همس لنفسه وهو ملقى على مرتبة متسخة ويشعر في جسده وروحه بطعم اللكمات:

- حتى لو اختلقتُ قصة وألَّفتُ أسماء وحقائق كي أخبرهم بما يريدون سماعه، سيكون من السهل اكتشاف زيفها على الفور، واكتشاف أن أسماء فرناندو أو جيلبرتو لم تكن موجودة أصلًا، وأن تلك السقيفة السرية التي اخترعتُها حيث كنا نُجري مقابلاتنا لم تكن سوى مسرح يغني فيه فريق «رطب وجاف» الغنائي. سيكتشفون الكذبة وبعد ذلك سيصير كل شيء للأسوأ، سيعودون ويضربونني بقوة أكبر، سوف يوسعون هذا الجسد المستكين ضربًا ولكمًا، إن القسوة لن تقبل حتى كذب القصة المخترعة، ولا حقيقة أنني لا أعرف أي شيء، ليس لدي اختيار ولا فرصة لذلك... فأنا وقعت في أيدي وتحت رحمة هؤلاء الوحوش.

- أنا ميت إذن (همس لنفسه)، أنا ميت.

الفصل العاشر

«بورتو أليجري»
الثلاثاء/ 16 يونيو 1970

كان راؤول لا يزال نائمًا، يكاد يموت من البرد وهو مغطي ببطانيته الصغيرة جدًا عندما وصل السجان ومعه الإفطار، كان عبارة عن كوب بلاستيكي به قهوة رمادية بدون سكر وشريحتين صغيرتين من الخبز والزبد، مرتبة على طبق من أطباق أعياد ميلاد الأطفال، نادى الرجل عليه وهو يطرق بالمفتاح على قضبان الزنزانة محدثًا ضوضاء يمكن أن توقظ كل من في الممر جميعًا إذا كان هناك سجناء آخرين في ذلك المكان، ثم انتظر السجين ليأخذ الطبق والقدح من فتحة الباب، كان السجان الأقل صرامة يقف بالباب، وكان الآخرون يتركون الأواني على الأرض دون أي استدعاء أو تنبيه، وإذا لم يفتح راؤول عينيه بعدها مباشرة فإنه يضطر لمشاركة طعامه مع الفئران والصراصير التي كانت تنتظر هناك.

أخذ راؤول الطعام وعاد إلى الفراش البائس وهو يتدحرج على

البطانية أثناء الأكل، أكل بارد... بارد جدًا، وفي هذه الأيام التي قضاها هناك، كان قد اتخذ نوعًا من الطقوس في تناول الوجبات مما ساعده على استهلاك الوقت وتحمل الانتظار، كان يأكل ببطء وعيناه مغلقتان، كان يعد اثنين وثلاثين مضغة لكل لقمة، في محاولة لتذوق طعم الخبز قدر الإمكان أو تذوق الأرز البارد الذي كانوا يقذفون به إليه محاولًا الربط في خياله بين هذا الأكل السيء البائس وبين ما لذ وطاب من الطعام الذي كانت تطهوه له أمه دائمًا، كان يشرب القهوة على رشفات صغيرة للاستمتاع بحرارتها أكثر من أي سبب آخر، وكان يشعر بالسائل الدافئ القليل يسري في حلقه، فيحتفظ به لبضع ثوان يشعر فيها بالراحة، كان جسده يضعف، جائعًا طوال الوقت، وقد لاحظ ذلك بالفعل عندما اتسع عليه السروال الذي سمحوا له بالاحتفاظ به، يعرف أن وجبته كانت ثابتة ولن تزيد عن ذلك. كان يأكل ببطء محاولًا إطالة الوقت قدر الإمكان، لأنه بعد ذلك لن يكون لديه شيء ليفعله سوى الانتظار، انتظار دون هدف، انتظار مؤلم يملؤه الشك ليس به أحداث، ولا حتى كلام يشغل به نفسه، كان انتظارًا يضعف راؤول ويجعله هشًا، يخترق الجدران النفسية التي ربما كانت عنده، فعندما يصلون ربما يعترف لهم بأي شيء، يؤلف قصصًا أو يشي بأصدقاء أبرياء، أو يبلغ عن مدير البنك الذي لم يكن يروق له، شجع نفسه على الابتسام للحظة، أي شيء سيكون ممكنًا في عباءة الجنون هذه التي تكسو الدقائق والساعات الطوال. كان يمضغ دائمًا وعينيه مغلقتين، بينما يحاول دون جدوى تذكر أو معرفة

كم عدد الأيام التي قضاها؛ لم يمسسه أحد بسوء ورغم ذلك كانت الأيام عبارة عن خوف، كان على يقين أنه في أي لحظة يمكن لأي شخص أن يدخل من باب تلك الزنزانة ويضربه أو يقتله بدون أي كلمة أو سبب، دون أن تصل أنباء عن هذه المأساة إلى خارج الممر، ثم يرمون بجسده في أي صحراء بعيدة طعامًا للنسور، ثم يغسلون مكان دمه الجاف في الزنزانة بالماء والصابون، ويكون المكان جاهزًا لاستقبال المتهم التالي، دون أن يدرى أحد أن راؤول كان هناك حقًّا، وكأن جسده لم يكن جسدًا، ربما أرعبه هذا الشك أكثر من أي شيء.

عندما انتهت القهوة، أخذ يمسح حواف الكوب البلاستيكي الصغير وظل جالسًا، يراقب الكوب كما لو كان الشيء الأكثر إثارة للاهتمام في العالم، درس تصميمه البسيط وآثار الزمن عليه، لونه الأزرق الشاحب والشقوق البالية التي رسمت على جدرانه متسائلًا عمن شرب منه قبله، ربما حاول العثور على بعض الحلول في الكوب أو أي شيء يفعله، وذهل عندما وجد نفسه يفكر أنه إذا كان لهذا الكوب أي طرف أو إطار معدني لكان الانتحارُ ممكنًا، لا! قال لنفسه، هذا الكابوس قريبًا سينتهي وسرعان ما يدركون الخطأ، وسرعان ما أعود إلى منزلي مرة أخرى، حاول التفكير في الأمر هكذا طوال الوقت، حاول ترتيب أفكاره قليلًا لأنه كان يريد أن يصدق نفسه حتى لا يصاب بالجنون، سمع صافرة السجان الرتيبة تدوي في الممر المظلم فوقف بالقرب من القضبان على استعداد لإعادة القدح والطبق البلاستيكي له. وصل الرجل بابتسامة خرساء

وأخذ الأواني التي سلمها له راؤول، وعندما بدأ طريق العودة في مشية حرة كأولئك الذين لا يشعرون بأهمية العمل الذي يؤدونه سأله السجين:

- اليوم يوم ماذا؟

استدار الرجل محافظًا على ابتسامته:

- لا أستطيع أن أقول لك، ممنوع.

- لكن لمَ لا؟

- ممنوع يا أخ، تلك قواعد المكان، في الحقيقة من المفروض ألا أكلمك.

- لكن لِمَ لا؟

- لأنه ممنوع وانتهى! هذا كل شيء.

- ولكن ألن يحاول أحد حل مشكلتي؟ (سأل راؤول بشيء من البراءة).

- حل مشكلتك؟! حل مشكلتك؟! (وضحك الرجل)، ولكن ما هي مشكلتك يا فتى؟ من عليه حلها هو أنت!

نظر راؤول إلى الرجل كما لو أنه لا يفهم، لكن الحقيقة هي أنه كان يفهم، لقد أرادوا إجابات حتى لو لم تكن لديه. نظر السجان بحرص على يمينه كمن يريد التأكد من عدم وجود أحد قريب منه

وأنه يمكن أن يُفصح عن شيء ممنوع للسجين، لم يكن هناك أحد ثم همس:

- يا هذا، رغم أن ذلك ممنوع لكنني سأتحدث قليلًا معك، واسمح لي أن أخبرك شيئًا، سأعطيك نصيحة واحدة، فقط قل ما تعرفه سيكون أفضل لك.

- لكني لا أعرف أي شيء!

هتف راؤول وهو مندهش وقد خاب أمله من هذا التعقيد غير المتوقع للأمور، أعطاه الرجل إشارة عاجلة لخفض صوته:

- هششش أيها الساذج! اخفض صوتك! ألا ترى أنه ممنوع التحدث مع السجناء؟ أنا أتحدث إليك فقط بدافع التعاطف معك.

وبعد لحظة، أشار ناحية قلبه ورسم علامة الصليب:

- ولأن كلانا محب للسيدة العذراء.

- ساعدني إذًا، كرامة لهذه القديسة! (توسل راؤول).

- يمكنني مساعدتك فقط إذا ساعدت نفسك. (أجابه السجان كأنه لا يريد قول أي شيء).

نظر السجين إلى ذلك الرجل ودون أي سبب، توسَّم فيه بعض الأمل، كان رجلًا عاديًا، واحدًا من أولئك الذين يمكن رؤيتهم

يحملون شرائح الخبز وبعضًا من الحليب عند المخبز، أو من الذين يحاولون جمع النقاط الثلاث عشر في اليانصيب الرياضي كي يربحوا الجائزة، وإذا رآه في مكان آخر لم يكن راؤول ليعتقد أنه يعمل في مثل هذه الحرفة المخجلة، وبدا أن عيون الرجل أقل قسوة وأقل سوءًا وأكثر نعومة من الباقين، اعتقد السجين أنه ربما كانت الفرصة سانحة ليستفيد من مساعدته، وقال لنفسه إن ذلك قد يكون فخًا قد نُصب له أيضًا، لكن مهما كان الأمر فلم يكن لديه شيئًا ليقوله أو ليفقده فسأل:

- ماذا علي أن أفعل؟

- قل ما تعرفه واحكِ بعد ذلك، أو اخترع قصة تكون لطيفة إلى حد ما، قصة يمكن أن يصدقونها، إذا نجحت فسوف يطلقون سراحك على الفور، من الممكن لا أضمن لك ذلك، وإذا أطلقوا سراحك فلا تنس شيئين مهمين، تختفي لفترة من الوقت وتبقى هادئًا إلى الأبد، لأنه (وقام بمسح شامل للمكان بنظرة من عينيه) لا تعتقد أن القوم هنا أغبياء، إنهم يعرفون بالفعل السجل الكامل الخاص بك!

لم يستطع راؤول التخلص من فكرة أن الرجل يتكلم كما لو لم يكن واحدًا منهم، كما لو كان مجرد موظف صغير وظيفته توصيل الأطباق والأكواب البلاستيكية وجمعها فيما بعد، وكأن عمله لم يكن جزءًا من الرعب.

- ولكن ما هو الملف الذي تتحدث عنه؟ أنا ليس لدي حتى سجل! (همس السجين).

- لا يهمهم ذلك كثيرًا! (قاطعه الآخر وأضاف بشيء من السخرية):

- سجل ملفق يعد أيضًا سجلًّا.

هز راؤول رأسه بمزيج من الفهم والضيق، أعتقد أنني سأحاول أن أختلق قصة، سوف أتذكر أخبار الجريدة التي لم أُعِرْها إلا القليل من الانتباه، ولكن أين وقع الحادث؟ وما اسم الشارع؟ كان هناك في حي «بوم فيم»، ليس بعيدًا عن سكن القنصل الخاص، هذا ما ذكرَته الصحف، يمكنني القول بأنني لا أتذكر اسم الشارع على وجه الدقة، كل ذلك ممكن...

- سأحاول المساعدة. (فوجئ بأنه يقول ذلك).

- نعم! (وبدا على الرجل أنه يحتفل)، سيكون ذلك أفضل لك!

أفضل بالنسبة إلي! فكر راؤول، ماذا يعني ذلك؟ وكيف عرف هذا الرجل ذلك؟ لكن نعم، أي شيء كان أفضل من عدم اليقين الذي كان يعيش فيه، حتى أنه لم يكن يعرف يقينًا كم من الوقت مضى عليه في السجن ولا ما سيواجهه لاحقًا. خبطات، لكمات وصفعات وضرب باليدين على الأذنين، كان قد أخذها بالفعل؛ لكنه لم يواجه بعد ولا يريد مواجهة الصدمات الكهربية ولا عصا الببغاء ولا كرسي التنين، ولا الأجهزة التي أخبره أولئك الساديون في السجن

عنها بالفعل، وأنها كانت في غرفة مجاورة، كانت أسماؤها وحدها كافية لإخافته، لم يكن يعرف ما إذا كان لديه القوة على تحملها. نعم، أفضل بالنسبة إلي أي شيء غيرها.

وضع السجان الطبق والكوب على الأرض، واقترب من القضبان قليلًا بطريقة ودية وقال: «تعال هنا»، اقترب راؤول ببطء وريبة (الخوف يصاحبه دائمًا)، همس له الرجل كأنه يخبره سرًّا:

- الأسرة، نحن نعلم أنها أهم شيء موجود، هؤلاء الشيوعيون الملاعين لا يأبهون لذلك، يريدون القضاء على الأسرة وعلى الاحترام وعلى الدين، وعلى كل ما هو طيب! لكن نحن لا يمكن أن نسمح بذلك وسوف تساعدنا! ماذا لو تتعاون معنا، وقريبًا يمكنك حتى العودة إلى عملك وعائلتك. إن الأسرة هي أفضل شيء في الوجود.

توقف الرجل وبدا مترددًا للحظة ولكن بعد ذلك حسم أمره، وضع يده في الجيب الخلفي لسرواله وأخرج المحفظة، فتحها وأخرج من أحد جيوبها صورة صغيرة ثلاثة في أربعة، صورة صغيرة بالأبيض والأسود وظل ينظر إليها برهة، بعين حانية ثم ضم الصورة الصغيرة إلى صدره وقال لراؤول:

- الآن، سأقدم لك الدليل على أني أعتبرك شخصًا طيبًا ذا قلب طيب، وأنك وقعت مع هؤلاء الإرهابيين فقط لأنك ساذج أو عن طريق الخطأ.

أظهر الصورة لراؤول، كانت لصبي صغير شعره أشقر ناعم حسن المظهر، ابتسامته تكشف عن فم بلا أسنان وتضفي الخفة على الصورة.

- ابني «جونيور» أهم شيء في حياتي.

أضاف بشيء من الفخر:

- أتم خمس سنوات الأسبوع الماضي.

الفصل الحادي عشر

«بورتو أليجري»

الثلاثاء/ 9 يونيو 1970

حوالي الثالثة عصرًا - منزل السجان

بمساعدة زوجته، أحضر ثلاثة ألواح ووضعها على اثنين من الحوامل الخشبية، فرش عليها مفرشًا بلاستيكيًّا مزخرفًا بزخارف الأطفال مثل ميكي وميني وبندق وبطوط وشخصيات ديزني لاند كلها، لكن لم يكن هناك العم دهب البخيل الذي كان يحبه. على مفرش السفرة وُضِعت أطباقُ الكرتون الملونة، أيضًا مرسوم عليها شخصيات ميكي التي تشبه تلك التي يقدمون فيها الطعام للسجناء، لكنها الآن مصدر لفرحة الصغار الثمانية المدعوين لعيد ميلاد طفله، على المائدة، رُتبَت الألوان في حفلة الأطفال ومنها عدد قليل من زجاجات مشروب «جوارانا باهما» المثلج ووعاءان من الأناناس وعصير الكريز، وقطع الكعك بالشيكولاتة وحلويات الكاجو، وحلويات الحليب المكثف والشطائر والمصاصات والمايونيز ولحم البقر المفروم وبيتزا السجق. وفي وسط المائدة،

وضعت تورتة البسكويت الويفر والشيكولاتة التي صنعتها زوجته وكانت كالملكة وسط المائدة، كانت ضخمة وثقيلة وأكثر شيء يرغبه الأطفال، ومن حولها انتشرت البالونات الملونة في مجموعات من أربع أو خمس والتي ستوزع لاحقًا على الأطفال.

لقد كانت حفلة صغيرة، فقط أبناء العم واثنين أو ثلاثة أصدقاء صغار يلعبون في المرأب المؤقت، حتى أنه لم يدعُ رئيسه على الرغم من علمه بأنه يمكن أن يستفيد من هذه الزيارة، ربما حتى يمكن أن يعطيه تقييمًا أفضل في عمله، فالوقت كان وقت الاقتصاد في المصروفات، فقد كانا لا يزالان يبنين البيت، وكانت مصاريف الشهر تُحسب بالمليم وبالقرش، كل شيء مكتوب في الدفتر الصغير الذي يراجعه مع امرأته كل يوم. كل شيء مدون فيه من مصاريف السوق إلى الحافلة وفواتير الماء والكهرباء، وحتى حذاء طفلهما الجديد، كان كل شيء محسوبًا وكانا يبذلان قصارى جهدهما حتى يوفرا شيئًا في نهاية الشهر من أجل الدهانات والبناء والإسمنت والبراويز.

لكنه رأى أن الحفلة تستحق التضحية، عندما لاحظ ضجيج الأطفال حول المائدة، ولاحظ أفواههم الملطخة بعصير الأناناس وكعك الشيكولاتة وهم يلتهمون الحلويات اللذيذة أكثر من الشطائر، كانوا ثمانية لكنهم بدوا كأنهم عشرون في صخبهم وقلة صبرهم، يريدون أكل الحلوى واللعب في نفس الوقت، يجرون بين جدران المرأب التي لم تجصص بعد، كان الابن أسعدهم جميعًا،

يقود المباريات وهو سعيد بالحفلة التي تقام على شرفه والدراجة ذات العجلات الأربع التي قدمها له والداه. آه، نعم، كان الأمر يستحق التضحية حقًّا، لقد حسب هو وزوجته الحسابات، وأخذا من هنا ومن هناك، وقررا أن يقتضيا سلفة حتى لو استغرق المنزل وقتًا أطول كي ينتهي، طالما يعيشون فيه بالفعل، حتى الزهور قامت الزوجة بزراعتها بالفعل، وكانوا قد اشتروا معظم الأثاث والتلفزيون موجود بالفعل في الغرفة، والمرأب موجود هناك في انتظار أن تأتي السيارة في العام المقبل بمشيئة الله والسيدة العذراء. لقد اشتريا الدراجة للصبي وأدركا أن الأمر كان يستحق التدبير، عندما استيقظ الصغير ذلك الصباح ورأى الهدية بجانب السرير صرخ صرخة فرح قوية جدًّا حتى أذهلت زوجته نفسها التي كانت لا تزال نائمة، وعندما وصلا إلى الغرفة المجاورة، كان الصغير يعانق الدراجة ويصيح في سعادة دون أن يدري ماذا يقول. عندما يتذكر الآن ذلك المشهد تترقرق دمعة خجولة في عينه.

عندما وقف الأطفال للحظة ليظهروا مهذبين في الصورة، كانت ابتساماتهم تكشف عن أسنان مفقودة وشوارب حمراء من أثر الكرز، وعندما ارتبكوا وهم يغنون «سنة حلوة يا جميل» بأصواتهم الصغيرة الحادة، كان هو وزوجته في قمة الحماس لأن ابنهما ولد متأخرًا بعدما فقدا الأمل في أن يكون لهما وريث، وكانا قد بدآ بالفعل يستسلمان لفكرة أنهما لن يُكوِّنا عائلة مكتملة، لذلك فقد كانا يعاملاه كأنه كنز حقيقي معهما ولعدة سنوات. في أيام الأحد، دومًا كانا يطلبان في كل صلاة أن تتحقق لهما معجزة الولد، كان

هذا مطلبهما أيضًا في الدعاء، كل ليلة قبل النوم كانا يصليان في المنزل، وعندما ولد الصغير قبل خمس سنوات هزيلًا وقبيحًا لكنه كان صحيحًا، وفَّى السجان بالنذر الذي قطعه على نفسه وسار- كما نذر - بنفس راضية أكثر من ثلاثين كيلومترًا من منزله ليزور ضريح الأب «ريوس».

والآن، كان الجميعُ هناك والحفلة مستمرة، الدراجة الصغيرة في مكان آمن والأطفال يصيحون، والبيت مكتمل تقريبًا، الزهور في الحديقة، السيارة ستأتي قريبًا والعائلة مباركة، كان هذا هو أهم شيء فكر فيه السجَّان، إنها العائلة، لذلك لم يستطع فهم كيف أن هناك أناس كهؤلاء الشيوعيين المخربين الاشتراكيين كما يُسمون أنفسهم، يمكن أن يكونوا ضد هذه القيم التي كانت تجلب الخير للناس. لماذا يمكن لشخص ما أن يكون ضد الأسرة لدرجة أنه يأكل الأطفال الصغار، كما قال له رئيسه إنهم يفعلون ذلك في روسيا؟ كان ينظر إلى ابنه ويفكر، من يقدر على فعل هذه الجريمة يمكن أن يفعل جميع الجرائم الوحشية، شعر بالغثيان لمجرد التفكير، وبالألم في معدته ورغبة في قتل هؤلاء القتلة بلا رحمة، اقتلوهم، اقتلوهم لأن هذا النوع من الناس لا يستحق الحياة.

لذا، وبينما كان يعتني بالأطفال ويفخر بخدمتهم، لم يستطع التوقف عن التفكير في أن زملاءه كانوا يشنون حملة واسعة في كل أيام ذلك الأسبوع، يحاولون القبض على أحد الشيوعيين الذين حاولوا خطف قنصل الولايات المتحدة، قالوا إنه قد يكون الأخير،

ومن ثم سيكون أمرهم قد انتهى، لقد خرجوا منذ يومين وهذا هو اليوم الثالث، يتربصون بالرجل في مخبأ، ومن المؤكد أن إرهابيًّا آخر قد تجسس عليهم لأنهم لم يضعوا أيديهم على ذلك الوغد بعد، من يدري، قد يحدث ذلك اليوم فتكون المفاجأة نوعًا من الهدية لوالد الصبي في عيد الميلاد؟

- حظًّا سعيدًا في البحث.

كان قد تمنى لزملائه ذلك في الصباح قبل مغادرة العمل متوجهًا لحفلة نجله وطلب منهم:

- عندما تقبضون على الشيوعي، أوسعوه ضربًا بالعصي، افعلوا ذلك من أجلي.

الفصل الثاني عشر

«بورتو أليجري»

الأحد/ 21 يونيو 1970

الساعة الواحدة ظهرًا - يوم نهائي كأس العالم

أدرك راؤول أين هو الآن بعدما أخبره ذلك الشاب، وبذلك يكون قد اجتاز ذلك النوع من العذاب المتمثل في عدم معرفة أي شيء، أخذت عيناه تعتاد على المدينة المألوفة. في الواقع، لم يكن حتى بعيدًا عن منزله، فقد كان يسكن في شارع صغير في نهاية شارع «أندراداس» بالقرب من مصنع الغاز، وإذا مشي بهمة وإصرار سيصل إلى المنزل. كان يتحرق شوقًا لرؤية أمه ليعرف كيف مرت بها هذه المحنة، لكنه فكر ألا يفعل، فقد مرت عليها كل تلك الأيام ولا بأس من أن تنتظر قليلًا، لن يخاطر بشيء الآن بعد أن أصبح بخير، علاوة على ذلك لم يكن مستعدًا جسديًا لبذل أي مجهود آخر.

أخذ يسير ببطء في شوارع حي «بوم فيم»، ويشاهد المناظر الطبيعية بشيء من السعادة المتجددة، رغم أن عينيه كانت تقع

في بعض الأحيان على أناس يقفون في النوافذ أو يزعجه ضجيج سيارة تمر بجانبه، إلا أنه قرر أن يمنح نفسه الحق في الاستمتاع بالشمس وبهذا الصباح المليء بالحرية... الحرية، كلمة أخرى نما مفهومها في مفردات راؤول اليومية وعقد العزم على إيجادها في حياته. لقد أصبح لكلمة الحرية طعمًا ولونًا آخرين عندما يسمعها، تلك الحرية التي لم يكرس لها ثانية واحدة من حياته القصيرة التي كان فيها من العمل إلى المنزل ومن المنزل إلى العمل، ولم يكن يُعطي الكلمة ذاتها أي أهمية. إن الأيام التي قضاها في الظلام جلبت له على الأقل شيئًا من الضوء، بعضه جاء بسبب ما عاناه والبعض الآخر لما سمعه، إضافة إلى ما تنبأ به، وقد ساعده كل ذلك على أن يرى أن البلاد لم تكن تعيش في الواقع الوردي المكتوب في الصحف، فلم تكن الحياة كلها مجرد «نظام وتقدم» كما هو مكتوب على علم البرازيل، وأنه على الجانب الآخر كان هناك من يمارس التعذيب ويعاقب الأشخاص الذين كانت جريمتهم هي محاولة مقاومة العقاب والتعذيب، كان يعتقد أن الرغبة في الحرية كانت تكمن إلى حد ما في الخطوات الجديدة التي كان يخطوها في صباح ذلك الأحد المجهول، ولكنها كانت أيضًا تكمن في اجتماعات الليالي السرية، في الرسائل المشفرة، في النظرات الحذرة، وفي الأسماء الحركية. «آه يا حرية... يا تُرى ماذا تحمل لنا أجنحتك أيضًا؟»، قالها ساخرًا من النشيد الوطني الذي يمجد الحرية وصار يمشي في يوم الأحد الهادئ دون استعجال أو هدف، فجأة شعر بالجوع والعطش، وأدرك أيضًا وهو يبتسم تقريبًا أنه يمكنه الآن أن يأكل

ويشرب شيئًا آخر غير الخبز الجاف مع الزبدة والقهوة السوداء بدون سكر والفاصوليا مع الأرز والمياه المائلة للملوحة، وأحيانًا قطعة سمينة من اللحم، كانت تضر به أكثر مما تنفع... وفكر في الحرية مرة أخرى.

بحث عن المحفظة كي يتأكد أنهم تركوا له فيها بعض المال، وأن المبلغ سيكون كافيًا لتناول وجبة خفيفة، فتحها ووجد النقود كما هي، مشى نحو شارع «أوسفالدو أرانيا» وهو لا يزال يكتشف المناظر الطبيعية وضوء النهار، لكنه يبحث في نفس الوقت عن مكان يستطيع فيه أن يسد جوعه وعطشه ويمضي فيه وقته، لا بد وأن هناك مكان مفتوح على هذا الطريق، عندما وصل إلى شارع «أوسفالدو أرانيا» ورأى أشجار النخيل والضوء يملآن الشارع امتلأت نفسه بالراحة، ربما لأن هذا كان طريقه المعتاد بالفعل في حياته اليومية، وربما لأنه منذ قليل تخيل أنه لن يرى مساحة كبيرة كهذه يملؤها الضوء مرة أخرى. أخذ نفسًا عميقًا وكأنه يريد أن يتذوق طعم ذلك الهواء ليوم الأحد، وقرر السير إلى اليسار ناحية نقطة الإسعاف.

عندما وصل إلى مقهى ومطعم للوجبات الخفيفة فوجئ بأن المكان يعج بالزبائن، وكانت تقريبًا جميع الطاولات مشغولة، كان المرتادون يحملون الأعلام البرازيلية والقمصان الصفراء والخضراء. اقترب من الشرفة وانتظر حتى يأتيه النادل، وقبل أن يطلب راؤول الطعام سأل الرجل عن سبب تزاحم هؤلاء الناس، رد الرجل وهو مندهش

قليلًا: «بسبب المباراة»، بينما يمسح الشرفة بقطعة قماش مبللة حيث يعرض ساندويتشات السجق والفطائر والحلويات المقلية. وعلى الجانب الآخر من الفاترينة، كان هناك كعك إنجليزي ورقائق الحلوى التقليدية وشرائح قليلة من كعكة من منتجات المطعم، أشار النادل بيده الأخرى إلى تلفاز أسود وأبيض عشرين بوصة، موضوع على الرف وكانت عيون الجميع تتجه إليه.

- مباراة من؟ (سأل راؤول).

فوجئ الرجل وتوقف عن المسح للحظة:

- البرازيل وإيطاليا يا رجل! نهائي كأس العالم!

ثم نظر إلى راؤول بطريقة ما لا تخلو من المرح:

- من أين أتيت؟ من كوكب آخر، من الصين أو من القمر؟

فأجاب راؤول بغموض:

- من مكان أبعد من القمر.

- أوه، من هناك....

وبدا أن النادل اعتاد على ذلك النوع من الردود، فقد كان «بوم فيم» أحد أحياء بورتو أليجرى التي ينتشر فيها الخنافس غريبي الأطوار.

- قل لي ماذا أحضر لك؟

- ماذا عن الفطير المحشو؟

- حسنًا، عندنا المحشو باللحم والمحشو بالدجاج، ويمكن أن أحشيه جبنًا في الحال.

- هل المحشو باللحم به بيض مسلوق؟

رد الرجل الظريف:

- أفضل ما في بورتو أليجري.

- إذن أحضر لي كوكا كولا وفطيرة لحم وفطيرة دجاج وساندويتش لحم خنزير .

- بالتأكيد، هل تريد الساندويتش بطبقتين من المورتديلا؟

- يكون أفضل.

- حالًا، دقائق يا رئيس، (وظهر التعاطف على وجهه وقال): ستقع من الجوع ها؟

نظر راؤول في أرجاء المكان، وجد في آخره طاولة فارغة يمكنه من عندها أن يرى التلفاز جيدًا، عندما رأى الطاولة اعترته رغبة مفاجئة في تناول البيرة، ففي يوم الجمعة الذي اختطف فيه، خرج ليذهب إلى السينما ويشرب بعض البيرة ماركة «براهما»، سأشرب البيرة وأبقى في هذا البار حتى تنتهي تلك المباراة، قرر ذلك وهمه الأكبر في قضاء الوقت أكثر من مشاهدة أي بطولة.

- هل لديك «براهما اكسترا»؟

- نعم.

- باردة جدًّا؟

علق الرجل: «جدًّا»، كانت إجابة جاهزة لا بد وأنه يقولها عشرات المرات في اليوم.

- إذا لا تحضر كوكاكولا واستبدلها لي ببراهما اكسترا.

- لا تقلق.

- سأجلس على تلك الطاولة هناك. (وأشار إليها في آخر الصالة حيث بدت الطاولة شاغرة تدعوه إلى الراحة).

أشار النادل للزبون بالإبهام في إشارة منه بالموافقة، ألقى بالقماشة وبدأ في تحضير الساندويتش، استقر راؤول على الطاولة وأغلق عينيه لحظة وتنهد كي يستمتع بتلك اللحظة، ثم أدرك أن هذه الإيماءات لسبب ما يجهله أو حتى دون أي سبب يمكن أن تلفت الانتباه، ثم شعر بالحزن، سيكون الأمر هكذا إلى الأبد من الآن فصاعدًا، هل يراقب نفسه ويقلل من الابتسامات ويقطع حركاته وكلماته في المنتصف، هل يملؤه القلق من نظراته ومن نظرات الآخرين، ويحذر مما يفكر فيه، ويخاف من أن يحدث له ما يسوؤه مرة أخرى؟ نظر حوله وكان هناك أكثر من ثلاثين شخصًا، كان الكثير منهم يشبهون راؤول في ملابسه المريحة يوم الأحد. من منهم يعمل في بنك ومن منهم معلم أو طالب، من منهم

تاجر أو صحفي؟ من يعرف هنا شيئًا عن الديكتاتورية ومن سيحاربها، ومن منهم معجب بالعسكر وبالجنرال «ميديتشي»؟ من يمكن أن يكون شرطيًّا؟ أليس من المحتمل أن يكون هناك متسللًا بين هؤلاء الرجال يتابع المباراة ويتجسس على الآخرين؟ فحص في تكتم حركات الجالسين بالقرب منه وتصرفاتهم ثم استسلم، الكل يمكن أن يكونوا كل شيء.

وصل النادل يحضر الشطيرة والفطائر والبيرة والكأس، وضعها بعناية على الطاولة.

- أنا معجب بكيفية حملك كل هذه الأشياء في نفس الوقت. (كان جيد الحديث عن أشياء غير مهمة).

- إنها الممارسة.

- هل تريد مستردة أم كاتشب؟

- ممكن مستردة. (أجابه راؤول شاكرًا عندما أحضر الآخر العلبة الصفراء الصغيرة).

- هنيئًا مريئًا، وحظ سعيد لنا جميعًا... إلى الأمام يا برازيل!

وأغلق قبضته كما لو كان يلكم الهواء...

نظر راؤول إلى الطبق والمشروب الموضوعين أمامه على الطاولة، إن شيئًا كهذا بسيط وعادي، تذكر أنهم حرموه منه دونما سبب وهمَّ بالوقوف لطلب الانتباه من الجميع لحظة يخبرهم فيها عن الهمجية التي حدثت له، لكنه أدرك على الفور أنه لن يستطيع أبدًا، ولن يملك

الشجاعة للقيام بذلك، وأن هذا سيكون جنونًا، ثم راوده مرة أخرى الشعور بالعجز الذي من الآن فصاعدًا، سوف يصاحبه بالتأكيد على مر الأيام، لم يبق له شيء يفعله سوى البكاء في صمت مهين ومشين، أدار وجهه حتى لا يدرك أحد ضعفه فالرجل لا يبكي علنًا، فكر... ثم تجرع دموعه، الرجال يمكن أن يبكون فقط عندما يعذبون.

صاح أحدهم أن وقت المباراة قد حان، حزن راؤول عندما أدرك أن هذا الخبر لم يعد يعني له شيئًا وهو الذي طالما أحب كرة القدم، فقط ترك نفسه هناك يتابع المباراة كي يستهلك الوقت فقط ويتناول بالبطء المطلوب من تلك المأدبة التي وضعها النادل أمامه للتو، كان يمضغ بشهية اللقمة الأولى من شطيرة اللحم، ويركز في جميع مكوناتها من الخبز الأبيض والزبدة والجبن وشريحتي المورتديلا، ثم تناول معجنات اللحم بمنديل ومضغ القطعة الأولى، وقال لنفسه إن النادل لم يكذب عندما قال أن ذلك هو الأفضل في بورتو أليجري، فعل الشيء نفسه مع فطائر الدجاج، وأخيرًا صب لنفسه كأسًا من البيرة، وتأكد من أن الرغوة كانت بالقدر المناسب، ثم نظر إلى ملصق الزجاجة لبضع لحظات فقط لاستهلاك الوقت قبل الرشفة الأولى، وتذوق ما توقعه من طعم البيرة، ثم شرب من السائل بشهية لم يجربها في جميع أنواع البيرة السابقة في حياته، لكنه عندما وضع الكأس ونظر حوله من جديد تحجر في مكانه، فقد رأى عند مدخل الكافيتريا من يتوجه إليه بابتسامة لم يمكنه تخمين معناها، كان ذلك هو السجان.

الفصل الثالث عشر

«بورتو أليجري»

الثلاثاء/ 16 يونيو 1970

التاسعة والنصف صباحًا - في مقر الجريدة

صباح الخير سيد «فلافيو»، كيف حالك؟ قالوا لي في الاستقبال أنني يجب أن أتكلم مع حضرتك، وأنك محرر قسم الأخبار الذي سأنشر فيه ما أريد، أنا آسفة لأنني عصبية هكذا، وأني مرتبكة ولا أدري ماذا أقول وذلك لأنني لم أمر بموقف كهذا من قبل، كما أنني لم أتكلم مع محرر من قبل. لقد وصلت هنا منذ السابعة صباحًا وقالوا لي إن هيئة التحرير... هكذا تُدعى أليس كذلك؟ لم تصل بعد، وإن الموظفين سيصلون ابتداء من التاسعة وحتى التاسعة والنصف، لذا فقد جلستُ أنتظر. حاولت تناول فنجان قهوة في كافيتريا قريبة لكني لم أستطع، إن الطعام والشراب يقف في حلقي، سوف أحكي لك فيما بعد حتى لا أضيع الكثير من وقتك، فسوف أخرج من هنا ويستمر إحباطي، لا أدري ماذا أفعل... لا أتناول قهوة ولا أغسل ملابس حتى، أنا أبكي فقط كما أفعل الآن،

أعذرني. فحكايتي كما يلي:

لقد اختفى ابني، غادر المنزل يوم الجمعة ذاهبًا إلى السينما ثم ربما كان سيذهب إلى كافتيريا مع أصحابه ولم يعد منذ ذلك الحين، ببساطة اختفى ولم أعرف عنه أي أخبار، وهو الذي لم يكن ينام خارج البيت أبدًا دون أن يعلمني قبلها، والآن متغيب كل هذه الأيام، اختفى لكني لم أيأس كما ترى يا سيد فلافيو. اسم ابني «راؤول دوس سانتوس فيجيرا»، عمره خمسة وعشرون عامًا، أحضرت هذه الصورة معي كي تنشرها سيادتك مع الخبر ولو أمكن تكبيرها أكثر، هو الآن أكثر بدانة منه في الصورة، يعمل في أحد البنوك وهو مستقر في عمله وحسن الخلق، الصورة تشبهه كثيرًا بنفس حركاته. كان يرتدي سروالًا من الجينز وحذاء رياضيًّا «بامبا» وقميصًا أحمر فظيعًا لكنه كان يحبه، وكان يلبس سلسلة صغيرة بها صورة السيدة العذراء أعتقد أنه لم يكن يخلعها ولا حتى للاستحمام، كان راؤول يؤمن بها جدًّا. هكذا كان يلبس ابني، لقد اتصلت بالفعل بكل المستشفيات والمقابر والمشرحة، تخيل سيدي ألم الأم وهي تتصل بالمشرحة لمعرفة ما إذا كان ابنها هناك، لكن بفضل الله والسيدة العذراء لم يكن في أي من هذه الأماكن... تأكدت من ذلك بالفعل لأنني حرصت على أن أسأل عن أي شخص عندهم بدون هوية، أنت تعرف في بعض الأحيان يجدون شخصًا مضروبًا في الرأس أو مدهوسًا وهو فاقد للوعي، يمكن أن يكون حدث ذلك معه لكن لم يحدث، لم يظهر أي شخص مجهول الهوية في هذه الأماكن في الأيام القليلة الماضية، هذا ما جعلني أطمئن قليلًا

لكني ما زلت مستاءة كأي أم لا تعرف مكان ابنها، ذهبت إلى قسم الشرطة وهناك عاملني المأمور بشكل طيب جيدًا، وسجل كل شيء كما يجب لكنه أوضح لي أنهم لا يستطيعون فعل الكثير لأن ليس لديهم «إمكانيات»... تلك هي الكلمة التي استخدمها، في الواقع هو الذي دلني على فكرة أن أبحث عن الصحيفة، وقال إن ذلك يمكن أن يكون مجديًا، لذا فأنا هنا سيد فلافيو، أطلب منك أن تنشر هذا الخبر عن اختفاء ابني راؤول دوس سانتوس فيجيرا، سبق أن ذكرت الاسم، خرج ليلة الجمعة، لا أحد يعرف عنه أي شيء، لقد تحدثت بالفعل إلى أصدقاء ابني ولا أحد منهم يستطيع حتى أن يساعدني ولو حتى بخيط لأنه إذا ألمح لي أحد بخيط، فسوف أسير وراءه حتى نهاية العالم، فالأم عندها قوة لا تعرفها حتى سيادتك، لذلك ربما سيدي لا تتخيل الآن الفراغ الذي أشعر به، فابني مفقود وأنا ليس لدي أي فكرة عن المكان الذي يجب أن أبحث فيه عنه. قيل لي حتى أنه يمكن لا سمح الله أن يكون متورطًا مع الشيوعيين، أولئك الذين يسرقون البنوك ويفجرون القنابل، لكن ذلك لا يمكن أن يكون! إن ابني تربى في البيت ولا يستطيع القيام بشيء من هذا القبيل أو الاختلاط بهذا النوع من الناس. ابني شخص طيب سيد فلافيو، مجتهد ومهذب بدون رذائل، فهو لا يدخن ويشرب البيرة والنبيذ نادرًا، لن يتورط في أي حال من الأحوال في شيء من هذا القبيل، لك أن تتخيل! فقط فكر مجرد التفكير لتعرف ما سيكون عليه حالي. على أية حال، أريد إذا أمكن أن تنشر في الصحيفة خبرًا عن اختفاء ابني... ابني

الوحيد، حتى يتمكن الناس من المساعدة ، بالتأكيد سنجد شخصًا ما يعطينا فكرة عما حدث. أريد أن تضعوا الصورة أيضًا إن أمكن على صفحة مقروءة كثيرًا، يمكن أن تكون صفحة الرياضة فابني متعصب لكرة القدم، ومغرم بالفريق الأحمر، إذا لم تستطع نشره على صفحة الرياضة يمكن أن يكون على أي صفحة أخرى. أريد منك فقط نشر الخبر، وإذا عرف أي شخص أي شيء عنه، سأترك عنواني ورقم هاتف الجارة التي استأذنتها في ذلك. اسمي؟ اسمي إيرينى، لكنك لست مضطرًا إلى ذكره في الصحيفة.

الفصل الرابع عشر

«بورتو أليجري»
الأربعاء/ 17 يونيو 1970
الساعات الأولى من الظهيرة

كان السجان قد التقط للتو الطبق والكوب البلاستيكي الذي كان يقدم فيه غداء راؤول، مغرفتان من اللوبياء والأرز وبيضة مسلوقة وقهوة سادة، كان راؤول لا يزال جالسًا على الفراش الرقيق محاولًا أن يصفي ذهنه عندما ظهر الرئيس برفقة رجل آخر، يرتدي نظارة شمسية حتى في ظلام ذلك الممر، كان الرجل الغريب يحمل في يده أداة معدنية صغيرة خشي راؤول من أن يستخدموها معه.

- دكتور بابلو، هذا هو الرجل!

قدمه الرئيس مشيرًا إلى السجين وكأنه يعلن وصول ضيف خاص إلى حفل، لم يقل دكتور بابلو شيئًا، فقط كشَّر تكشيرة طفيفة بفمه كما لو كان يبتسم رغمًا عنه، قذف بالجسم المعدني من يد إلى أخرى حتى يتمكن من رؤيته راؤول الذي ارتعب فجأة

ظنًّا منه أنها كانت قبضة حديدية تلبس في أصابع اليد.

- كيف حالك راؤول؟ (سأل الرئيس بسخرية).

أجاب راؤول مرعوبًا:

- بخير يا سيدي. (فإذا قال إنه ليس على ما يرام فسيكون الأمر أسوأ).

- هل اسم ابن العاهرة هو راؤول؟

كانت تلك هي الكلمات الأولى للرجل، حتى وسط خوفه الشديد لم يفشل السجين في فهم لهجة «الكاريوكا» التي تحدث بها الرجل وهي لهجة أهل ريو دي جانيرو.

- هذا هو الاسم الموجود في أوراقه ونحن ندعوه كذلك، إنه اسم سهل حتى إنه سخيف بعض الشيء..

- يبدو سخيفًا حقًّا...

ضحك الوافد الجديد وسرعان ما خفض نظارته ليظهر زوجًا من العيون الشريرة الجامدة مثل عيني الرئيس، كان راؤول يخاف من تلك العيون، قال الرئيس:

- نعم هو راؤول. (وابتسم ابتسامة كشفت عن سنته الذهبية).

- الدكتور بابلو رائد في بعض الموضوعات التي تهمنا كثيرًا، لذلك نحن نستفيد من زياراته حتى يقدم لنا بلطفه واهتمامه

المعتاد شرحًا لأسلوبه المتقن، لهذا سنحتاج إلى تعاونك، هيا إذن.

لم يفهم راؤول ما معنى ذلك وظل بلا حراك على المرتبة، ينظر إلى هؤلاء الرجال كما لو كانوا كائنات فضائية.

- تبًّا لك! ألم تسمع الأمر يا ابن العاهرة؟ (صاح دكتور بابلو).

وقف راؤول، وفي تلك اللحظة كان يعلم تمامًا أن حياته كانت في أيدي هؤلاء الوحوش الذين يمكن أن يقتلوه كما يحلو لهم، ويبدو أن هذا اليقين اللحظي منحه نوعًا من الهدوء السريالي، لقد هلكت فليفعلوا ما يريدون. نادى الرئيس على السجان وأمره بفتح الزنزانة، قام الرجل بتنفيذ الأمر بينما كان ينظر إلى السجين بشفقة مقنَّعة لم يلحظها راؤول حتى.

- هيا يا سيد راؤول. (قال الرئيس وصوته غارق في السخرية): دعونا نذهب في نزهة إلى غرفة أخرى.

- سيدي، هلا رافقتنا من فضلك.

رافق راؤول الرجلين وهو يعرف أن أدوات وأجهزة التعذيب كانت في الغرفة الأخرى، لكنه لم يعد لديه القوة للتفكير. كان طليقًا فلا أصفاد ولا سلاسل تقيده، كان بإمكانه أن يحاول الهرب لكنه لم يتخيل حتى القيام بذلك، كان يسمع دائمًا العديد من الأصوات، وكان هناك الكثير من الناس حوله، كان مُنهكًا جدًّا لدرجة أنه لن يتمكن من الجري خمس خطوات كاملة دون أن

ينقض عليه شرير منهم. ساروا في صمت عبر الممرات الضيقة المظلمة، استداروا يمينًا ويسارًا في حين أدرك راؤول أن المكان يشبه الطابق السفلي أو بدروم منزل تسكنه الأشباح حتى وصلوا إلى باب مغلق، فتح الرئيس ذلك الباب وظهرت غرفة رطبة وقذرة مثل الأخرى بدون نوافذ أيضًا، لكنها مضاءة جيدًا، في وسطها مجموعة من قضبان حديدية مُعلقة جلس حولها ستة أو سبعة رجال، مما يعطي انطباعًا أنهم كانوا في الانتظار. أيقن راؤول أن الجميع كانوا أصغر منه سنًّا، بينما كان ينظر إلى كل شيء حوله محاولًا ألا يفهم أي شيء، حيًّا الدكتور بابلو الحاضرين بجدية، وردوا هم التحية بإعجاب واحترام. ظلوا جميعًا صامتين لبعض الوقت متجاهلين السجين حتى أدرك الرئيس أنهم ينتظرون كلمة منه، بدأ بالحديث:

- يا شباب، كما وعدناكم، معنا اليوم الدكتور بابلو والذي سوف يعلمنا بكل خبرته وموهبته بعض التقنيات المتطورة للحصول على اعتراف السجناء في هذه الحرب التي نحن فيها، لا يوجد شيء لم نعرفه بالفعل من قبل، لكن الدكتور بابلو لديه الدقة والخبرة التي نفتقر إليها في بعض الأحيان، وهي التفاصيل التي أطلب منكم الانتباه إليها؛ وبالنسبة إلى محاضرة اليوم، اعتمدنا على تعاون ضيفنا راؤول الذي تمت دعوته بلطف وهو مستعد أن يُعلَّق على عصا الببغاء (وأشار إلى شيء في منتصف الغرفة) ليساعدنا في العرض.

لم يكن راؤول يعرف ما هي عصا الببغاء، وبالتالي لم يظهر أي رد فعل قوي لكنه ارتعد، وخاف ألا يعود إلى الحياة التي أحبها كثيرًا، في حين أمر الدكتور بابلو بتجريده من ملابسه عدا الداخلية.

- لا من فضلك! ماذا ستفعلون بي؟ (صرخ بينما بدأ رجلان بالفعل في خلع ملابسه).

- اهدأ يا راؤول! لن يؤذيك أحد هنا كثيرًا، فقط القليل من الإزعاج وعدم الراحة، لكن لا شيء فوق طاقة تحمل رجل قوي مثلك.

وضغط الدكتور بابلو على ذراع السجين كما لو كان يفحص عضلاته، بينما ضحك جميع الرجال الحاضرين.

- عندنا اليوم مجرد عرض، فقط محاضرة لهذا الجمع من الناس، في الواقع، لهذا السبب أدعوك راؤول كما يدعونك هم، لو كانت هذه الجلسة حقيقية لكان اسمك هو آخر شيء يمكن أن أدعوك به...

ضحك على النكتة التي قالها وتبعه الآخرون، ثم غير لهجته ونظر إلى راؤول بثبات:

- لكن لا تعتقد أن الحياة هنا ستكون دائمًا نزهة، يمكن أن أكون سيئًا حقًا عندما أريد.

فرك الدكتور بابلو يديه وطقطق أصابعه كما لو كان يستعد

لمهمة صعبة، ثم طلب من اثنين من المتطوعين تعليق الخنزير على الجهاز. فقط الوضع الأساسي، أمرهم في حين كان راؤول مندهشًا ولم يُظهر أي رد فعل، في الواقع لم تكن هناك فرصة عنده للرد. علق الرجال السجين من ركبتيه على القضيب الحديدي، ثم عبروا يديه تحت القضيب وربطوها فوق ساقيه بخيط سميك، من عند المعصم، ورفعوا هذا الثقل اليائس الذي بدأ بالفعل في الأنين من الألم، وتركوه معلقًا بين منضدتين وبينه وبين الأرض عشرون سنتيمترًا، ثم عادوا إلى مقاعدهم مثل الطلاب المجتهدين الذين ينتظرون الدرس، يبدو أن المعلم لم يضايقه أنين راؤول لكنه وجه له ضربة تحذير صغيرة على رأسه:

- وفر البكاء لوقت لاحق، نحن لم نبدأ المحاضرة بعد... حسنًا إذن.

- جميعكم يعرف ذلك، فمن السهل تعليق قطعة من اللحم لكن السر يكمن في ربط الرسغ بإحكام من أجل قفل الدورة الدموية تدريجيًا، والوصية الأخرى في بعض الأحيان هي تحريك جانب واحد فقط من القضيب الحديدي لأعلى أو لأسفل حتى يميل الجسم، وتكون الرأس عند مستوى منخفض عن القدمين على سبيل المثال، هذا يقوض مقاومة «الروح».

نظر إلى الجمهور المهتم:

- الروح كما تسمونها هنا، أليس كذلك؟ وعليكم أن تعرفوا

كيفية استخدام جميع التقنيات بشكل جيد حتى تتمكنوا من الحصول على نتيجة جيدة ولا تصبح الروح جثة هامدة.

ضحك مرة أخرى وتبعوه مرة أخرى، وبعد أن أنهى ملاحظته رفع جانب القطب من ناحية قدمي راؤول، وضع تحتها لبنة عالية فانزلق جسد السجين ناحية الرأس وضغط جسمه على رأسه عند الطاولة، فأطلق صرخة أخرى لم ينتبه إليها أحد.

- انظروا، في وقت قصير بدأ رأسه في الاحمرار بسبب تدفق الدم، هذا يوقف كذلك تفكير المجرم ويضعف مقاومته وينتهي به الأمر إلى الاعتراف، إن ذلك أفضل حتى من «مشروب الحقيقة».

وبعد لحظة من التأمل قال:

- على وجه الخصوص، لا أحب مشروب الحقيقة، فهو غير آمن ويمكن أن يقتل بسهولة شديدة، لقد رأيت الكثير من الحالات التي كان فيها الموظفون مهملين وحدث ذلك معهم، لكن هذا ليس ما نريده هنا، هل تفهم راؤول؟ يمكنك أن تطمئن...

وقف الدكتور بابلو لفترة من الوقت، بينما من تحت نظارته القاتمة بدا أنه معجب بالمشهد وأنه يسمح للجميع بتأمل ذلك الجسد الواهن، وذلك السجين العاجز والدم يملأ خديه، ذلك الكم المهمل المعلق في القضيب الحديدي، ثم تذكر بفخر:

- إن عصا الببغاء هي اختراع برازيلي تم ابتكاره هنا، وهي

مساهمة حقيقية لنا في مكافحة الشيوعية واللصوصية!

صفق أحد الرجال وهتف «تحيا البرازيل!» دون أن يظهر في صوته أي تلميح بالفكاهة أو السخرية في هذا الهتاف؛ وبدا الطالب فخورًا بهذا الاكتشاف الوطني. أكمل المعلم وهو يهز جسد راؤول من جانب إلى آخر مثل مهد طفل رضيع:

- عصا الببغاء هي إحدى أساسيات الاستجواب، وبمجرد استخدامها لحظة تعليق السجين، تُتاح لنا العديد من الاحتمالات وهي أساسًا ثلاث طرق: الصدمة، الإغراق والضربات البسيطة، وكل تقنية لها أسرارها وتفاصيلها.

ثم أحضر آلة صغيرة من زاوية الغرفة، كانت نوعًا من المغناطيس المتلئ بالأسلاك، وبدأ في فكها على مهل بواسطة ذراع التدوير وسط انتباه الطلاب ورعب راؤول الصامت وهو يفكر في نفسه، أنا مجرد موظف بنك بريء لا يفهم حتى أي شيء، ماذا أفعل في هذا الجحيم؟ بعد ذلك قام الأستاذ بتثبيت الآلة في إحدى زوايا الطاولة، وبواسطة خطاف من المعدن الذهبي، قام بتثبيت طرفين من الأسلاك على حلمتي ثدي السجين الذي صرخ مرة أخرى دون معرفة ما سيحدث له، لكنه شعر بالفعل أنها ستؤذيه وتؤلمه، أمره الرجل أن يصمت ريثما ينتهي من تثبيت الآلة:

- تعاون معنا يا ابن العاهرة! ألا ترى أنك محظوظ؟ هذا ليس استجوابًا إنها مجرد محاضرة وشرح فقط، وأنت أداة من

أدوات الشرح فقط، مفهوم؟ لو كان ذلك استجوابًا حقًّا لما كنت أتحدث إليك بهذا البرود.

وتوجه إلى الطلاب:

- لقد رأيتم أنه كان يمكنني بالفعل ضرب ضيفنا الذي لا يبدو مستعدًا للتعاون، لكني لم أفعل، هل تعرفون لماذا؟ لأنه يجب أن تكون محترفًا جدًّا، لا تنس الاحتراف دائمًا.

ثم وجه الحديث إلى الجمهور:

- هذه الذراع نوع من أنواع الدينامو، كلما زادت اللفات زادت الطاقة التي تتولد عنها، إنها متطورة، وكلما ازدادت الطاقة زادت الصدمة الكهربية، لهذا السبب أقول إن الذراع هي قلب كل هذه الوسيلة، والتي نسميها «العروسة»...

ضحك الرجال، إنه اسم مضحك، ثم أدار الذراع بسرعة فقفز راؤول قفزة وصرخ مرة أخرى لا إراديًّا ودون انضباط، بينما كان يشعر بالألم الجديد الذي بدا فجأة وهو يدخل من حلمتيه، وينتشر في جميع أنحاء جسده، بينما كان السجين يتلوى وهو معلق على القضيب الحديدي، كان من دواعي سرور المعلم أن يبدل سرعة الذراع ويغير شدة الصدمة ويظهر للطلاب النتيجة. عندما توقف الدكتور بابلو استمر راؤول في الانتفاض لبعض الوقت، وبعد انتهاء الجلسة كان جسده يرتعد أكثر فأكثر كقطعة معلقة من اللحم، يئن بينه وبين نفسه فقط ويصلي بهدوء لطلب المستحيل

من العذراء سيدة التجليات.

- هل رأيتم أن السرعة المتغيرة هي أحد أسرار النتيجة الجيدة؟ في بعض الأحيان يكون من المثير تدوير الذراع بهدوء، لأن جسم السجين يسترخي بشكل لا إرادي ويشعر بالألم أكثر عندما تزداد السرعة مرة أخرى...

شرح بينما كان يحرك الذراع أكثر قليلًا فقط لتوضيح ما كان يقوله، ثم انتظر راؤول ليتوقف عن الرعشة وتابع الدرس:

- أنا عادة لا أطرح أسئلة للحصول على معلومات بينما أعطي الصدمة، هذا هو أسلوبي، أعتقد أننا بحاجة إلى التركيز الشديد على ما نقوم به، وأطرح الأسئلة في الفترة الفاصلة بين صدمة وأخرى تحت التهديد بصدمة أخرى، إن هذه الوسيلة تنفع بشكل جيد.

وقال بعد ذلك كما لو كان بحاجة إلى تبرير:

- لكننا اليوم لا نطرح أي أسئلة حتى لا نعطل سير المحاضرة، فاليوم مجرد شرح. إن الطريقة المثلى هي أن تغير شدة الضربة وأماكن الضرب في الجسم، هناك بعض الأماكن أكثر ملاءمة من الأخرى لأنها أكثر حساسية، كاللسان وأصابع اليدين وباطن القدمين والأذن والخصيتين، والقضيب وفتحة الشرج...

- ضع طرف السلك في دُبُره يا دكتور لنرى ما سيحدث! (طلب

منه أحدهم وضحك الجميع).

- لا ، لا... (هز الدكتور بابلو رأسه). سوف أسافر لاحقًا ولا أريد أن أشم رائحة البراز على أصابعي. في الواقع أحتاج إلى الإسراع وسوف يتعين على أحدكم أن يأخذني إلى المطار.

ثم واصل المحاضرة:

- وعليكم أن تعتادوا على ذلك قريبًا، فستجدون شيوعيًا يصرخ أو يبكي أو يتقيأ أو يتبرز أو يتبول على الأرض، فهم ضعفاء النفس والجسد. هذا السجين على سبيل المثال لم يلمسه أحد، ولم يفعل أحدنا أي شيء لكن انظروا إلى الحالة التي هو عليها.

وأشار إلى شخص راؤول المهزوم، راؤول الذي صار عبارة عن ثقل على القضيب الحديدي، كان يبكي بهدوء وحده في خضم هذا الرعب، تمكن من التفكير في عدم إحداث ضجيج، فكلما قل اهتمام هؤلاء الوحوش به، وكلما قلت نظراتهم إليه في هذه الجلسة المرعبة التي يسمونها درسًا، كلما قلت الكراهية التي يثيرها جسده فيهم وانتهت هذه العاصفة كلها بسرعة، حاول أن يتخيل أنه لم يكن هناك كما لو كان ذلك ممكنًا.

- وتوجد طريقة أخرى هي الضرب الخالص والبسيط، يمكن القيام بذلك بأيدٍ خالية أو باستخدام أدوات يختار كل واحد منكم أفضل ما يناسبه، قضبان خشبية أو مطاطية أو

حديدية، مفاصل نحاسية... شفرات... لا شيء لم نعرفه من قبل. أنا أحب الأيدي الخالية، تشعرني بالارتياح ولكن مع الآلة، فإن المجهود أقل وأحيانًا يعطي نتائج أفضل. نصيحة مهمة وهي تغيير نوع وشدة الضربة بين لكمة وصفعة وركلة وحركات الكاراتيه، إنها نفس قاعدة الصدمة الكهربية، تذكروا ما قلته سابقًا؟ وبالتالي فإن جسم الخنزير لا يعتاد على نوع الضرب، ونصيحة أخرى، لا تضرب دائمًا في الأماكن الأكثر هشاشة فقط مثل الفم والعين والركبة والمعدة... لا، إن السر يكمن في معرفة نقطة ضعف هؤلاء المجرمين.

ووجه لكمة سريعة وقوية إلى بنكرياس راؤول الذي أخذ يئن بصوت عالٍ.

- هل سمعتم؟ هكذا تكون الضربة، يجب أن يكون عندك إحساس... (وضحك).

نظر الرئيس الذي كان يشاهد العرض بهدوء إلى ساعته، واعتقد أنه من الأفضل تنبيه المعلم إلى أنهم بدأوا بالفعل الصراع مع عقارب الساعة وسرعان ما سيتعين عليهم المغادرة. أعطى الدكتور بابلو إشارة بالموافقة والتقط القبضة الحديدية التي تركها بجوار «العروسة»، وضعها في يده اليمنى وعرضها على الجمهور مثل الكنز، ثم ضرب وجه راؤول بجانب أذنه فكشطه لتخويفه ليس أكثر، صرخ راؤول من الألم مرة أخرى في حين سالت قطرات الدم وتراكمت على خده الأيسر.

- هذه القبضة هي حيواني الأليف، دائمًا ما آخذها معي، تعمل بشكل رائع.

ثم طلب من أحدهم أن يحضر له دلوًا كبيرًا مملوءًا بالماء كان في زاوية الغرفة، كان الرجل الذي طلب أن يوضع السلك في دُبُر راؤول هو أول من نهض وأحضر الدلو للأستاذ الذي نظر إليه ببعض الإعجاب الظاهر، رفع الدكتور بابلو الدلو وأبلغهم أنه لن يقوم سوى بتجربة صغيرة لأنه لسوء الحظ عليه أن يغادر وقال:

- يعمل الماء بشكل جيد للغاية كأداة للتعذيب، إن الغمر بالطبع هو الأكثر شيوعًا، فغمرُ رأس السجين في الدلو لفترة من الوقت فعال للغاية لكن ذلك شيء بسيط، أما على عصا الببغاء، هناك طريقة معقدة للغاية لوضع الجزء الخلفي من رأس اللصوص داخل الدلو وجعله بحاجة إلى الاستمرار في سحب نفسِه لأعلى طوال الوقت حتى لا يغرق، يشعر السجين بالتعب والإرهاق لكنه يعلم أنه سيغرق إذا ترك رأسه يتدلى، إن ذلك ممتع حقًّا، لن أريكم ذلك الوضع الآن بسبب صعوبة عملية التثبيت.

نظر إلى الجمهور ولاحظ أن الجميع ما زالوا يعيرونه اهتمامًا عظيمًا، فأيقن أنهم طلاب جيدون. فتابع:

- وهناك تقنية تعجبني بشكل خاص وهي التقطير، تقوم بتعليق زجاجة أو إناء أو حتى زجاجة دواء صغيرة أو شيء

من هذا القبيل، وتدعها تقطر على وجه الشيوعي شيئًا فشيئًا فوق العين والأنف والفم. يستغرق الأمر وقتًا أطول وليس ممتعًا كثيرًا لكنه مؤلم، لا يمكن لأولئك «الحريم» تحملها، فالتنقيط يقوض المقاومة لكن كما ترون من الضروري الانتباه، عندما يكون السجين عطشانًا عليكم أن تمنعوه من شرب الماء حين يغرق، مفهوم؟ عليكم الانتباه إلى هذه التفاصيل، لا يمكن أن نتهاون وهذا ما يجعل العمل فنًا في حد ذاته. يمكنكم أيضًا خلط الماء بشيء آخر مثل المنظفات والمطهرات والكحول وأي شيء تريدونه، وأخيرًا، يجب ألا ننسى أن الماء هو موصل ممتاز للكهرباء فهو يعزز النتائج ويضخم تأثير الصدمة.

وبينما كان يتحدث، سكب الأستاذ السائل على جسد راؤول الذي ارتعش في برد يونيو أو كان يوليو قد دخل بالفعل؟

- لن أريكم الفرق بين الصدمة بدون ماء والصدمة بالماء لأنه ليس لدينا وقت كافٍ، لكن من الواضح أن الأمر مفهوم بالنسبة لشباب أذكياء ومهتمين أمثالكم.

رمى الدكتور بابلو الدلو الفارغ على الأرض وجفف يديه بمنشفة بيضاء أعطاها له الرئيس باهتمام، ثم دون الانتباه إلى ذلك الجسد الذي تحت رحمته، بقي لبضع لحظات في صمت مسرحي إلى حد ما، مثل المعلم الذي ينتظر انتباه الطلاب لمواصلة الكلام ثم علق كشرح نهائي:

- كان هذا مجرد عرض أول لما يمكن القيام به باستخدام هذه الآلة البرازيلية الحقيقية. (وأشار إلى عصا الببغاء)، لكن هذا هو أبسط الأساسيات، هناك الكثير يمكن القيام به لتحقيق نتائج جيدة، كنت أود أن أشرح أكثر لولا أنني في عجلة من أمري، لكن يبقى الدرس الأهم، استخدم دائمًا الإبداع وخذ نفسًا عميقًا.

مع بعض الاعتزاز بالنفس بشكل مسرحي، ثم كرر مشددًا على أهمية ما قاله:

- الإبداع... لا تنسوا، هذه هي الكلمة الرئيسية لتحقيق نتائج جيدة. شكرًا جزيلًا لاهتمامكم.

صفق الجمهور وقام الدكتور بابلو بلفتة احترافية صغيرة لإظهار رضاه، ثم كما لو تذكر فجأة أن تلك اللحظة النظرية بعد فترة من الزمن سوف يكون لها تطبيقات عملية في الأيام القليلة المقبلة، سحب رأس راؤول من شعره الرطب ونظر إلى السجين بكل ظلام عينيه الشريرة:

- لا تنس أن هذا كان مجرد درس، عندما يأتي التطبيق العملي سيكون الحال أسوأ بكثير.

الفصل الخامس عشر

«بورتو أليجري»
الأحد/ 21 يونيو 1970
تقريبًا في وقت مباراة نهائي كأس العالم

يلعب الفريق اللاتيني المباراة بـ «فيلكس» و«كارلوس ألبرتو» و«بريتو» و«بياتسا» و«إيفرالدو» و«كولدوالدو» و«جيرسون» و«بيليه» و«ريفيلينو» و«توستاو» و«جايرزينيو». والمدرب «زاجالو». أما المنتخب الإيطالي فيقوده المدرب «فيروتشيو فالكاريجي»، ويبدأ المباراة بـ «ألبرتوسي» و«سيرا» و«فاشيتي» و«بورغنيتش» و«مازولا» و«برتيني» و«دي سيستي» و«روساتو» و«ريفا» و«بونينسينيا» و«دومينيني».

يتحمل الحكم الألماني «رودولف جلوكنر» مسؤولية تحكيم هذا اللقاء الكبير، هذه المباراة التي تملأ ملعب الأزتيك المكسيكي بالكامل! بينما على شاشة التلفزيون، كان المعلق يسرد بالفعل معلومات عن اللقاء الذي سيبدأ حالًا، أخذ السجان ينظر حوله كما لو كان يبحث عن شخص ما، واتجه نحو الطاولة حيث كان

راؤول جالسًا.

في النهاية، وقف بجانب السجين السابق وأشار لنفسه على الكرسي الفارغ الذي لا يزال على الطاولة وجلس عليه دون طلب الإذن، بدأ راؤول في النهوض خائفًا من احتمالية كابوس آخر، لكن الرجل أشار إليه بألا يقوم، بضغطة متحفظة وثابتة على ذراعه اليسرى، وراح يشرح: «لم أجد أي معارف هنا»، مشيرًا بذقنه إلى المكان من حوله: «سأشاهد المباراة وأنا جالس معك»، وبعد ذلك ابتسم ابتسامة لم يعرف منها راؤول هل هي تعاطف معه أو نفاق، وأشار بإيماءة واسعة غطت الصالة بأكملها وعلق:

- في نهاية الأمر، الجميع هنا في الخارج متشابهون، الجميع يهتف لنفس الفريق، وعلاوة على ذلك، إذا علمتك الشيوعية مشاركة كل شيء فعليك أيضًا مشاركة الطاولة.

وقهقه بصوت عالٍ كما لو كان يجلس مع أصدقائه، لم يكن راؤول يعرف ما يجب فعله، وفي الوقت نفسه شعر بنوع من الخوف يولد من جديد، عاوده شعور أكيد أن ذلك الأمر لن ينتهي أبدًا. فكل يوم سيداهمه أحدهم. لم يستطع أن يبتسم ولم يقدر على الكلام، أومأ فقط إلى الآخر بالموافقة لأنه كان يعرف أنه ليس بوسعه شيء آخر.

- لكن كن مطمئنًا أنك لن تضطر إلى مشاركة طعامك معي، في الحقيقة يا له من جوع عظيم، أليس كذلك يا محتال؟

(وأشار إلى الساندويتش والفطائر وزجاجة البيرة).

- أنا لا أشرب حتى أثناء النهار حتى لا أعود إلى المنزل برائحة كريهة، فعندي زوجة وطفل...

لكنه بعد ذلك كما لو أنه أدرك في تلك اللحظة أنه كان في موعد خاص، لكننا اليوم نستطيع أن نستثني، سأطلب بيرة «أنتاركتيكا» باردة جدًّا، رفع ذراعه وطقطق بأصابعه، أجابه النادل بإيماءة قصيرة من ذقنه، قال السجان وهو ينغز راؤول في ذراعه:

-إنه يعلم أنني لا أحب الانتظار طويلًا، لقد افتعلتُ هنا مشاجرة عندما تركني أنتظر ذات يوم، وكانت أجارك الله! أراد النادل أن يغلظ القول معي وكان على وشك أن يقذفني بالطاولة، فاضطررت لوضع المسدس على الطاولة، وأبرزت هويتي كرجل بوليس وحدثت فوضى! لكن رب ضارة نافعة، فاليوم لن أنتظر أكثر من دقيقة.

وهذا ما حدث بالفعل، في أقل من دقيقة كان النادل هناك، والفوطة معلقة على كتفه جاهزة لخدمة السجان، لكن راؤول لاحظ أن الابتسامة التي استقبله بها للتو اختفت من وجه الرجل.

- ماذا أحضر لك؟

- أحضر لي خبزًا محمصًا مخصوصًا واملأه بالجبن، وأحضر لي أبرد مشروب «أنتاركتيكا» لديك في الثلاجة، قلتُ الأبرد وأنت تعلم أنني عميل خاص.

- حالًا.

- لست بحاجة لأن تخبرني، أعرف ذلك بالفعل.

رد السجان ساخرًا مشيرًا بيديه بحركة تشبه وضع مسدس على الطاولة، ثم فرك يديه في نوع من التوقع بينما ذهب النادل.

- وماذا عنك؟ جاهز للمباراة؟

- تقريبًا. (تمكن راؤول من الإجابة)، لم أفكر كثيرًا في كرة القدم في الأيام القليلة الماضية.

قل رعشة وغضب وكراهية والآن، واحد ضد واحد، والانتقام محتمل... بزجاجة أو بالسكين المسنن الذي أحضره النادل مع الشطيرة، أو بشوكة في العين وأهرب وانتهى الأمر، ويطرح السجان المتوحش هنا يعاني، ويكتشف بجلده كيف يكون الشعور بالألم، ولكن لا شيء من هذا ممكن، شعر راؤول بأن ذراعيه ثقيلتان كالميتة وساقاه ملتصقتان بالأرض، تملكه الحزن لعدم قدرته على فعل أي شيء ولم يلاحظ الآخر التعليق، واعتقد أنه مجرد مزحة.

- لكن اليوم نتحدث فقط عن كرة القدم، إنه الأمر الوحيد المهم. (قالها بصيغة الأمر).

- إذا استطعتُ، ولا حتى عن هذا. (رد راؤول).

وأشار السجان إلى التلفزيون وبدأ يتحدث عن المنتخب البرازيلي:

- سوف ندهس هؤلاء الخواجات، لم يكن هناك أبدًا فريق جيد مثل هذا، ولن يكون هناك أبدًا مثل هذه الجوقة من العباقرة على أرض الملعب. عندنا توستاو، وجيرسون، وريفلينو، والإعصار جيرزينيو وبيليه وهو الأعظم على مر العصور، إنه شاعر والباقين أيضًا، إن أيًا منهم يمكنه أن يفوز باللقب مع أي فريق آخر لو لعب حتى بساق واحدة.(كان فخورًا بشكل خاص فبدا كالعاشق) كان إيفرالدو هو اللاعب «الغاوتشو» الوحيد في الفريق، وكان المدرب زاجالو يعرف كل شيء، وقد أصابوا عندما وضعوا زاجالو في مكان «جواو سالدانيا» الذي كان لا يتحدث إلا هراء، وكان رجلًا كسولًا يشرب ويسكي فقط وينسى تدريب الفريق، هل تعلم أن سالدانيا شيوعي؟

قال راؤول بصوت خفيض:

- لا.

- كان يجب أن يغيروه، ليس لكونه شيوعيًا (وبدا أن السجان يبرر) ولكن لأنه سيىء حقًا، إنه من السكان الأصليين لكنه «بياع كلام».

أحضر النادل الخبز المحمص والبيرة وأودعهم بطريقة فجة أمام السجان.

- لقد تأخرت بعض الوقت، ها؟ (وأشار الرجل إلى ساعته)، استغرق الأمر أكثر من دقيقة.

ضحك النادل مضطرًا بينما تذكر أن يسأل راؤول:

- صديقي، سأضطر إلى تحصيل الفاتورة منك الآن لأنه بعد بدء المباراة سيكون هنا ضرب من الجنون، ثم يصبح الأمر صعبًا... هل يمكن لي؟

أومأ راؤول برأسه للسجان، أخذ النقود من محفظته وأعطاها للنادل الذي شكره وقال إنه سيحضر الباقي.

- هل لاحظت أنه لم يطلب مني ذلك؟ (علق السجان مفتخرًا بصوته)، لأن حسابي على المحل فأنا عميل خاص.

ضرب صدره وفتح قميصه قليلًا فاستطاع راؤول أن يكتشف في رعب وصمت أن السلسلة الصغيرة وبها صورة عذراء التجليات المعلقة حول عنق الشرطي هي نفسها التي كانت في الليالي السابقة مع أمتعته. أخذ راؤول نفسًا عميقًا ولم يدرِ ماذا يفعل، بينما كان يتظاهر بالاهتمام بما يقوله الآخر، كرة القدم... المنتخب الوطني... زاجالو... والرئيس ميديشي، صلى صلاة موجزة للعذراء الحامية طالبًا منها أن تظل قوة السلسلة ونعمتها معه دائمًا، وعندما انتهى ولم يزل مذهولًا ملأ كأس البيرة الذي أمامه.

- لكن انظر يا صاح! إنك جيد في الأكل والشرب!

علق السجان ممازحًا، ضحك راؤول بصوت خفيض على هذا التعليق المحرج بينما كان يسكب لنفسه كأسًا آخر، ثم صمت كما لو كان لا يعرف ماذا يقول، أنقذه وصول النادل الذي أحضر له

الباقي.

- أحضر بيرة أخرى إلى الريس هنا، إنه عطشان! (قال السجان مازحًا، وضحك ضحكة بدت مثل الزمجرة).

- لا، لا! (رفض راؤول)، سأشرب هذه البيرة وأغادر!

- لا، لا! توقف عن السخف يا فتى! خذ واحدة أخرى وشاهد المباراة هنا معنا بين الناس!

قالها باستهزاء، ومن تحت الطاولة ركل ركلة بطرف القدم في ساق السجين السابق. لكن لماذا أمره الشرطي بالبقاء؟ سأل راؤول نفسه، انقبض قلبه من الخوف مرة أخرى، ماذا يمكن أن يكون وراء الألم البسيط لتلك الركلة المتخفية في صورة عزومة؟ هل انتهى السجن حقًّا؟ أم هل سيبقى الرجال حوله طوال الوقت وكأنهم يقولون إنهم يعرفون كل خطواته لإبقائه في هذا القيد الخفي المستور، بحثًا عن الدليل أو المعلومات التي لن يتطوع للاعتراف بها؟ يا ترى من ينتظره في الخارج ومن يتجسس عليه؟ وما هو هذا الذنب الفظيع الذي ارتكبه لدرجة أنه لن ينتهي أبدًا؟ نظر إلى السجان وارتسم على وجهه رجاء، ومرة أخرى لم يكن يعرف ماذا يقول لكنه كان على يقين من أنه سيبقى في هذا المقهى حتى نهاية المباراة.

الفصل السادس عشر

«بورتو أليجري»

الأربعاء/ 17 يونيو 1970

السابعة صباحًا - في الكنيسة

صباح الخير أيها الأب تيتو، اليوم لم آت للاعتراف، أنا هنا لطلب المساعدة، لهذا السبب عندما التقيت بك قبلت يدك، ولم أطلب حتى الذهاب إلى مكان الاعتراف، وانتظرتك حتى تفرغ من رش الماء على النباتات، آسفة لأني دخلت إلى المقصورة مباشرة، لكني حقًّا بحاجة إلى المساعدة ولا أعرف من أسأل. لقد صليتُ ودعوتُ بالفعل، في الواقع هذا ما أقوم به أكثر من البكاء، ولكن الحقيقة هي أن الإيمان هو الأساس ولكنه ليس كل شيء. أعتذر لك بالفعل إذ أتكلم بصوت عالٍ، لا تعتقد أن هذا سوء أدب داخل الكنيسة، إن ابني راؤول يأتي إلى القداس كل يوم أحد تقريبًا، وكان أحد فتيان المذبح ومخلصًا للسيدة عذراء التجليات، والتي نذرتُ لها نذرًا بالفعل، سأملأ هذه الكنيسة بالورود إذا ظهر ابني من جديد.

ولماذا أفعل كل ذلك، لأن راؤول مختفي منذ ليلة الجمعة لم يعد

إلى المنزل، كان قد عاد من العمل وشاهد التلفاز قليلًا، ثم ارتدى ملابسه وقبلني قبل أن يخرج، قال إنه سيذهب إلى السينما وإنه لن يعود متأخرًا لكن أوصاني بألا أنتظره. ومنذ ذلك الحين لم يعد يا أبانا، لا رسالة ولا كلمة ولا أحد يعرف مكان ابني، تخيل اليأس الذي أعانيه، أنا فقط أصلي وأبكي وأبحث عن ابني، لا أعرف أين هو أو كيف أجده، لا أستطيع النوم بعد الآن، أستلقي وأفكر في أسوأ الأشياء، أنا لا آكل شيئًا، لا شيء ينزل من حلقي، تحضر لي الجارة فنجانًا من القهوة أو سندويتشًا أو طبقًا من الطعام فأرجعه إليها كما هو تقريبًا، إني آكل دون أن أستطعم الأشياء فقط، لأنني بحاجة لإطعام نفسي لأتقوى كي أواصل البحث عن ابني يا أبانا، ولولا ذلك لما أكلتُ حتى. إن الأمل والإيمان بأن راؤول موجود على قيد الحياة وبصحة جيدة هو المحرك بالنسبة لي، ولولا ذلك ما كنت لآكل تلك اللقيمات الصغيرة من الأرز واللوبياء، وكنت تركت نفسي ببساطة إلى الموت. إن قول ذلك هو أكثر شيء يحزنني في العالم، والتفكير بهذه الطريقة يكاد يكون خطيئة، لكن ماذا يمكنني أن أفعل إذا كان هذا ما أشعر به؟

لقد ذهبت إلى قسم الشرطة وسألت أصدقاء ابني، اتصلت بالمستشفيات والمشارح، وألصقت ملصقات عليها صورة راؤول على عدد هائل من الأشجار، لكن كل ما حدث هو أن الأطفال الأشرار يرسمون الشوارب والأسنان المسوسة بالقلم على الملصقات. بالأمس ذهبت إلى الجريدة وتحدثت إلى أحد الصحفيين، وتركت صورة راؤول هناك للنشر واليوم أول شيء فعلته هو الذهاب إلى كشك

الصحف وشراء نسخة، لكن انظر ما جاء فيها، خبر صغير جدًا في زاوية من صفحة الشرطة مع صورة صغيرة لا تكاد تراها، هل ترى، إنها صورة مهزوزة وصغيرة، كيف يمكن لأي شخص أن يعرف أنها صورة راؤول؟ كان عندي أمل كبير في هذه الجريدة، لا يمكنك أن تتخيل! والآن صار هذا الأمل في حجم هذه الصورة، ربما يستطيع شخص ما مساعدتي، لكن الأمر صعب للغاية يا أبانا! أطيل النظر إلى الصورة وأفكر فقط في الحال التي عليها ابني. والآن، بعد كل هذه الأيام، أريد أن أخبرك أني بدأت أشعر بشيء فظيع في صدري، في قلبي تمامًا، ولا يسعني التفكير إلا في أسوأ السيناريوهات، لم أكن أفكر في مجرد قول ذلك، فليس للأم أن تفكر بهذه الطريقة، لكن مرت العديد من الأيام دون أخبار ودون أن يخبرني أي شخص بشيء عنه، أتفهمني؟ إن هذا الصمت يروعني مثل اختفائه تمامًا. لا أحد يستطيع أن يخبرني بشيء، لأنه إذا كان متورطًا في مكروه لكان أعطاني أحدهم فكرة عنه بالفعل، إذا كان زير نساء أو من مثيري الشغب أو متنمرًا، لو كان متورطًا مع هؤلاء الأوغاد... آسفة للتفوه بكلمة كهذه داخل الكنيسة يا أبانا، لكني على لم أعد أستطيع... هؤلاء الشيوعيون الذين ينشرون الرعب في البلاد لكنت قد عرفت ذلك بالفعل. ولكن لا، لم يتورط، إنه طفل ذهبي، وأقول لك أبانا تيتو: إذا حدث شيء لابني فسيحدث الشيء نفسه لي أيضًا، لقد أصبحتُ أرملة في شبابي، وراؤول هو ابني الوحيد، وأنا في الستين تقريبًا الآن، أي أني امرأة عجوز، ليس لدي أي سبب آخر للعيش سوى هو، وإذا رحل سبب وجودي الوحيد، فلماذا أعيش؟ من المحزن جدًا

أن أفكر هكذا أيها الكاهن، محزن جدًّا... لكن لا يمكنني التفكير بشكل مختلف، لهذا السبب أنا هنا... فأنا أم يائسة.... أم لا تعرف ماذا تفعل لأول مرة. لا أعرف مكان ابني وأعتقد أن الكنيسة يمكن أن تساعدني، لست متأكدة من الطريقة لأن الحقيقة هي أنني ليس عندي معلومات، ولكن أعتقد أنكم تستطيعون، فالكنيسة كبيرة جدًّا وبها الكثير من الكهنة، ويتبعها العديد من الأماكن، وينتمي إليها الكثير من الأشخاص. أتعرف، إذا قال جميع الكهنة في الخطبة أن ابني راؤول دوس سانتوس فيجيرا مفقود فمن المؤكد أن ذلك سوف يساعد، قد يعرفه شخص ما، أو إذا وضعوا صورته في صحيفة الكنيسة فمن يدري؟ راؤول كان من فتيان المذبح كما أخبرتك، لذلك أعتقد أن الكنيسة يمكن أن تساعد بهذه الطريقة. أريد أن أعرف إذا كان ذلك ممكنًا أيها الأب تيتو، وما إمكانية أي مساعدة أخرى. لقد ساعدتني الكنيسة بالفعل كثيرًا لتقوية إيماني وتغذية روحي، وفي راحة نفسي في كل هذه السنوات، عندما كنت آتي كل أحد لحضور القداس، وربما حان الوقت لمساعدتي في شيء بعيدًا عن الدين، لمساعدتي في حياتي اليومية العادية، على الرغم من أنه ليس من الشائع أن تبحث أم عن طفلها لكن حضرتك تفهمني بالطبع، فأنا لا يمكنني التعبير عن نفسي بشكل لائق، لهذا أطلب مساعدتك، وأطلب مساعدة الكنيسة بأي شكل من الأشكال، بالطريقة التي تعتقد الكنيسة أنها ممكنة، لأنني في حالة يأس ولا أستطيع حتى التفكير بعد الآن. حتى لو صليتم فقط ودعوتم لي ولابني فسأكون شاكرة، ولكن إذا فعلتم أكثر فلن أقدر حتى على شكركم.

الفصل السابع عشر

«بورتو أليجري»

الجمعة/ 19 يونيو 1970

وقت الضحى

ظل راؤول يرتعدُ في زنزانته وهو ملقى على المرتبة، يحاول أن يلف نفسه بالبطانية الرقيقة البالية التي تركوها له، لكن البرد كان دائمًا أعظم. انتشرت الرطوبة على الجدران المظلمة، وكونت برگا من المياه المتسخة على الإسمنت الخام للأرضية والتي يئس راؤول من تجفيفها،. كان ذلك تحديًا محزنًا، وصراعًا استهلك الكثير من الهدوء المستحيل ومن ورق التواليت الغريب الذي كان يحصل عليه من وقت لآخر فاستسلم. حاول فقط إبقاء الفراش وسط الزنزانة الذي كان أكثر جفافاً إلى حد ما من الأطراف، محاولاً ألا تلمس برك المياه الصغيرة حواف البطانية، وقد يئس أيضًا من محاولة معرفة إذا كانت الدنيا نهارًا أم ليلًا، إن كانت تمطر أم مشمسة، وأين يكون الجنوب وأين يكون الشمال، لم يكن عنده نافذة وحُرم من معرفة الاتجاهات الأصلية، مرت كل

الأيام مظلمة عليه، كان الوقت يمر ثقيلًا معذبًا إياه، كان يسأل راؤول نفسه: إلى متى؟ ولماذا؟ كان في خضم رعشة هذا الشتاء التي كانت تسري في روحه وجسده، عندما هز الرئيس قضبان الزنزانة بحركة سريعة، وابتسامة صفراء مزيفة على وجهه ومن جانبه مبتسم أيضًا، حضر الطالب المجتهد الحريص الذي كان في محاضرة التعذيب، نظر راؤول إليهما بخوف، وفي تلك اللحظة أدرك أن وقتًا عصيبًا كان بانتظاره، لم يكن مستعدًا بل كان في حالة من الارتباك، أمره الرئيس قائلًا:

- انهضي أيتها الجميلة النائمة، فقد حان وقت الإجابة على بعض الأسئلة.

نهض راؤول وترك البطانية على الفرشة، وقف في انتظار أمر جديد دون أن يعرف ماذا يفعل، ثم فتح الطالب المجتهد الباب بقدر كبير من العنف، لم يقل شيئًا وهو يمسك بتلابيب السجين ويخرجه من الزنزانة الصغيرة.

- هيا يا متشرد!

قال ذلك بينما كان يدفع راؤول إلى الصالة الصغيرة التي ارتبطت في ذاكرته بأحداث أليمة، سار خلفهما الرئيس بخطوات أولئك الذين يتخذون القرار، ساروا عبر الممرات لبضع ثوانٍ فقط، حاول خلالها راؤول أن يفعل ما لم يفعله من قبل، أن يخترع قصة ذات مصداقية، قصة محبوكة وممكنة لها بداية ووسط

ونهاية، حكاية يصدقونها كي تبرئه من اختطاف قنصل لم يكن يعرف شيئًا عنه، وتخرجه من هذا الكابوس المؤلم الذي ورطوه فيه. لكن لا، كان يعرف القليل جدًا بحيث لا يمكنه نسج قصة محتملة. وصلوا إلى الصالة وكان هناك اثنان من البلطجية وإلى جوارهما المعدات اللازمة، «العروسة»، دلو مليء بالماء، كماشة، مطرقة، ومقبض خشبي. سمع راؤول في خضم هذا الفزع الذي لم يفارقه أبدًا صوت لهفة وتنفس الرجلان القلق، أدرك وهو خائف أنهما ينتظران قدرًا من المتعة في ما سيفعلانه حالًا، وكان في عيونهما نوع من البريق الذي يدل على السرور، أعطى الرئيس إشارة إلى الرجلين الضخمين اللذان في حركات قليلة غير محسوبة جردا السجين وعلقاه على عصا الببغاء. الألم المبرح، كان المفاجأة التي تنتظره على القضيب الحديدي، ثم اقترب الرئيس من راؤول وذكره بالوعد الذي قطعه على نفسه قبل أيام:

- لن أضع إصبعي حتى عليك.

وبمجرد أن انهى جملته، قام أحد الديناصورات بلكم راؤول في كليته فأطلق صرخة عاصفة ويائسة.

- ولكن بالنسبة لهم، لا أستطيع أن أمنعهم من فعل أي شيء. (وضحك).

- والآن، هيا... ليس لدينا وقت نضيعه، أخبرني كل شيء تعرفه عن اختطاف القنصل، من شارك في التخطيط والتنفيذ، أين

كنتم تجتمعون، ومن غيرك ينتمي إلى تنظيم الطليعة الشعبية الثورية هنا في «ريو جراندي دو سول»، وما الذي تخططون للقيام به، أخبرني بكل شيء، تكلم دون لف ودوران ولن يحدث لك أي شيء يسؤك.

ثم تغيرت نبرة صوته وقرب عينه الشريرة من وجه السجين المرعوب:

- ولكن لا تفكر حتى في إخباري بما أعرفه بالفعل، ولا تحاول حتى إعطائي اسم شخص موجود بالفعل في الحبس، لا تحاول أن تخدعني، فقط أخبرني بما لا أعرفه حتى الآن، اعترف على الفور وهذا أفضل بالنسبة إليك! قل ما تعرفه!

نظر راؤول إلى الرجل، ومرة أخرى أيقن أنه ضائع لا محالة، لم يكن أحد يعرف مكانه أو كيف يصل إليه، وكان هؤلاء الوحوش يريدون إجابات لن يتمكن من تقديمها أبدًا. لقد ضاع، لذا فلتنتهي هذه القصة بأسرع وقت ممكن، حاول ألا يفكر في والدته في الوقت الذي أجاب فيه، وبهدوء مفاجئ تشوبه الشجاعة التي تسبب فيها إهمالهم له بشدة وقال:

- لا أعرف أي شيء.

- بل تعرف، نعم...

كان صوت الرئيس منخفضًا للغاية وهمس:

- وسنساعدك على التذكر أكثر.

ثم أشار إلى الرجال مرة أخرى مجرد إيماءة بذقنه، بدأوا في فك أسلاك الجهاز الكهربائي الذي كان مثبتًا على إحدى الطاولات بجوار أقدام راؤول الحافية، ثم كما لو كانوا يفردون شريط قياس على الأرض أو أمتار من الخيوط، قاموا بتثبيت طرفي السلك على الأذن اليسرى وعلى الحلمة اليمنى للسجين، مع التعليق فيما بينهم بأن المنظر العام كان جميلًا، قاموا بالتأكد من أن الأسلاك كانت مثبتة جيدًا ثم بدأ الطالب الأكثر اجتهادًا في إدارة الذراع، أدار الذراع على مهل مدركًا أن جسد السجين يرتجف في أجزاء منه كما لو كان يتبين ببطء ما يحدث له، وتحول الصمت إلى أنين تحول فيما بعد إلى آهات سرعان ما تحولت إلى صرخات تحولت إلى عواء حزين غير مجدٍ.

- اهدأ رابوزو. (أمره الرئيس مداعبًا)، لا تقضِ على السجين دفعة واحدة.

وبناء على طلب النائب توقف رابوزو، لكن أنفاسه المحتبسة أشارت إلى أنه لن يتمكن من احتواء نفسه لفترة طويلة، كانت سلطة القيام بذلك شيئًا جيدًا بالنسبة إليه. أما السجين المتدلي من القضبان الحديدية، استمر في الصراخ من اليأس وتوقع الموت، وضع الرئيس يده على ذراع مساعده وكأنه يخبره أن التعذيب لم يكن سوى جزءًا من العملية، وأنه من الضروري التوقف في بعض الأحيان.

- إذن سيد راؤول؟ هل أنت جاهز لإخبارنا بكل شيء؟

لم يتمكن السجين من فتح عينيه، كان جسده لا يزال يرتجف من الألم والصدمة عندما رد وهو يبكي.

- لا أستطيع أن أخبرك لأنني لا أعرف أي شيء دكتور، صدقني من فضلك.

توسل إليه ولكن لم يعد هناك في صوته قوة.

- أنا مجرد موظف في بنك ولم أعمل يومًا في السياسة. (بدا جهل راؤول وكأنه نوع من البطولة لأذن الرئيس ذي الخبرة).

- صلب هذا الولد... ها يا أولاد؟ لا تريد أن تتحدث!

- لكني لا أعرف أي شيء. (قالها السجين بصوت خافت).

انتزع رابوزو السلك من حلمة راؤول، وبدأ في ضربه بضربات من لا يستطيع السيطرة على نفسه بينما كرر وهو يصرخ:

- تكلم أيها الوغد! تكلم أيها الوغد! تكلم أيها الوغد!

أعطى الرئيس رابوزو ضربة سريعة لإخراجه من هذا الهيجان كي يعيده إلى الغرفة، بينما أدرك بشيء من الخوف أن مساعده لا يهتم بما سيقوله السجين، لأنه لا يعرف ماذا سيفعل بتلك الإجابات، كل ما يهم رابوزو كان أن يجعل السجين يتألم، وفكر الرئيس أنه بحاجة إلى معالجة هذا الأمر وهو قلق.

- ولكن هيا راؤول أخبرني، في يوم محاولة اختطاف القنصل، من كان في سيارة الدعم؟

- أنا لا أعرف...

أعطى الأمر بغمزة فنزلت لكمة على فم راؤول، شعر بطعم السائل الأحمر يتراكم بسرعة تحت خديه، وجعله الألم الهائل على يقين أن الضربة قد كسرت لثته ودمرت سنًّا من أسنانه، أطلق صرخة مختنقة وسعل وهو يفكر في ما يمكن أن يحتمله من تعذيب. مال برأسه إلى جانب وتمكن من بصق الدم الذي كان يسيل في فمه كثيفًا.

- أعطوني بعض الماء من فضلكم، (توسل) حبًّا في سيدتنا عذراء التجليات، أطلب منكم رشفة من الماء.

صاح أكثر الطلاب حماسًا:

- لا تضع سيدتنا في وسط هذا يا ابن العاهرة يا شيوعي.

قال الرئيس:

- اهدأوا يا ناس، دعوه يتوسل بمن يريد لأنه يعرف أنه في هذا المكان لا يوجد أحد لمساعدته، لا سيدتنا العذراء ولا يسوع المسيح ولا كل القديسين، يجب أن يعرف أن الأمر يعتمد عليه هو فقط.

ثم نظر إلى جثة راؤول المعلقة وقال:

- لا ماء لك أيها المحتال، الإجابات أولًا، وإذا قلت إنك لا تعرف فسيؤدي ذلك إلى زيادة الضرب، وسوف أفقد صبري أيضًا! قل لي: من كان في سيارة الدعم؟ ومن أين حصلتم على الأسلحة؟

ترك راؤول رأسه تتدلى وقد ضاقت به السُبل، ولم يستطع قول أي شيء ثم أحضر رابوزو الكماشة التي كانت على الطاولة، وعرضها على الرئيس وسأله:

- هل يمكنني؟

- نعم.

أجابه وبدا صوت الرئيس وكأنه يصرح لطفل بأكل الآيس كريم، أدخل المعذِّب إصبع السجين الصغير بعناية في الكماشة وعصره بإحكام في حركة سريعة، صاح راؤول دون أن يقول أي شيء، يجأر كالحيوان، وفي تلك اللحظة أيقن أنه سيفقد الوعي. قام الرجل بعد ذلك بفك الكماشة فقط ليعيد إحكامها مرة أخرى أكثر وأكثر، بينما كان يراوغ بيده كي يجعلها تلف إصبع راؤول من جانب إلى آخر، بقي على هذا النحو لمدة ثلاثين ثانية وربما دقيقة، يلف الكماشة ويضغط عليها ويلاحظ كتلة الدم التي تكونت حول إصبع السجين حتى أشار إليه الرئيس مرة أخرى بالتوقف.

- هيا راؤول، لقد قاومت بالفعل، وصرخت بالفعل، لقد أظهرت بالفعل أنك فحل، وأنك قوي الشكيمة، ولن تتلطخ سمعتك

مع زملائك في الفريق لأن لديهم بالفعل وقتًا للعثور على أماكن اختباء أخرى... الآن يمكنك الاعتراف بما تعرفه.

خرج صوت راؤول ضعيفًا محشرجًا بالدم مهزومًا:

- لكن لا يمكنني القول، لا أعرف أي شيء، أقسم لك... أنا لست من تفكرون به!

- أوه ، ومن تعتقد أننا نفكر به؟ (سأل النائب متسليًّا).

- أنا لا أعرف، رجل مثلي... أنا مجرد مصرفي! (تمكن راؤول من النطق وخرج صوته في همسة محشرجة).

- هذا لا يعني أي شيء، تم القبض على موظف بنك آخر في اختطاف القنصل، زميل لك وشيوعي! قل لي فقد حانت ساعتك.

«لقد حانت ساعتك»، فكر راؤول دون معرفة ماذا كان يحاول الرجل قوله وما حجم هذه الجملة، وإلى أي مدى تصل؟ كان يحاول التفكير في الأمر وترتيب أي رد عندما قطعت حبل أفكاره ضربة قاسية شديدة على الركبة جعلته يجأر بقوة تفوق طاقته، كان رابوزو هو الذي استأنف الضرب لكن هذه المرة باستخدام عصا خشبية، وراح يضحك مثل الطفل الذي حصل على لعبة جديدة للتو. انتظر الرجل حتى يهدأ صراخ راؤول وضرب مرة أخرى، وأدرك الرئيس وهو متخوف بعض الشيء أن مرؤوسه لم ينتظر هذه المرة لأنه انزعج أو أحس بالشفقة، بل لسماع صوت

معاناة راؤول بشكل أفضل.

- احرص على لعبتك يا رابوزو! لا تقم بتفكيكها قبل الأوان!

ومرة أخرى ضحك الجميع، عندما توقفوا عن الضحك، نظر رابوزو إلى الرئيس كما لو كان يتساءل عما إذا كان الوقت وقت طرح الأسئلة أو التعذيب، وأحس بخيبة الأمل لأنه لاحظ الإشارة بالانتظار.

- من كان في سيارة دعم الخطف؟ أنت ومن؟ (سأل الرئيس راؤول).

- لا أعرف دكتور! لا أعلم شيئًا عن أي اختطاف.

كان الصوت يخبو وينخفض حتى صار مجرد أنين، صدرت إشارة فضربة فصرخة.

- من كان في سيارة الدعم؟ أنت ومن؟

- لا أعرف يا دكتور.

لم يعد هناك صوت، إشارة أخرى فضربة أخرى لكن لا صراخ، كان راؤول مُعلقًا مثل كومة العجين وقد أغلق عينيه واستسلم.

أخبر الرئيس رابوزو بالتوقف لفترة، ثم أمر واحدًا من الرجلين الضخمين بأخذ الدلو وصب بعض الماء على السجين لإنعاشه، وعلّق:

- ولكن ليس في فمه، تذكر درس الدكتور بابلو، لم يحن الوقت لشرب الماء بعد.

أخذ الوحش الدلو وسكب بعناية محتوياته على جسد السجين الذي لا حياة فيه، ارتجف راؤول عندما ضرب هذا الجليد عُريه العاجز، لكنه أحس بشعور هذياني ولحظي بالمتعة، فهذا حُمام أزال القليل من القشرة القذرة التي تحول إليها جسده. تناثر الماء على الأرض ثم انتشر ببطء، وتقطر ببطء ممزوجًا بالدم الأحمر اللزج دون ضجيج. بدأ جسد راؤول في الاهتزاز بشكل لا يمكن السيطرة عليه، مما أدى إلى زيادة الألم من معصميه وكاحليه الذي كان مربوطًا منهم. ألمٌ لم يكد راؤول يشعر به بالفعل من هول ما كان عليه الألم، ومن صرخاته التي لم يعد قادرًا عليها ومن بكائه المكتوم، كانت رعشة بلا هدف، وهجرًا كاملاً، كأن حياة السجين كانت في حالة صدمة دائمة تحت رحمة جلاديه. راقب الرجال ذلك الجسد المرتجف لفترة من الوقت، فقط ينتظرون ما قد يحدث، اهتز راؤول لمدة دقيقة تقريبًا ثم توقف تدريجيًا كما لو كان يستعيد وعيه وخوفه، بدأ يئن مرة أخرى بهدوء وضعف، وخط ندم يحاول تتبعه ثم توقف ذلك أيضًا، لاحظوا أنه ما زال حيًا فقط من خلال النفس العميق المضطرب. أعطى الرئيس إشارة أخرى للرجال لإعادة ربط سلوك العروسة بجسد راؤول، فتم تثبيت طرف في أنفه والآخر في الخصيتين. تشنج لفترة وجيزة بفعل تثبيت المخالب الصغيرة لطرفي السلك لا أكثر، ووضع رابوزو يده على ذراع الجهاز بحرص وانتظر الإذن كي يديره.

- سأطرح السؤال مرة أخرى وأعطيك فرصة أخرى، من كان معك في سيارة الدعم؟

كان راؤول غير قادر على الكلام، هز رأسه بإيماءة ضعيفة قائلًا: «لا»، كانت بمعنى: «لا أعرف»، و«لا» لم أكن أنا، ولكنها أيضًا كانت «لا» لم يعد لدي القوة بعد الآن، و«لا» تفعلوا ذلك بي، و«لا» أستحق ذلك منكم، و«لا» أحد يستحق ذلك، و«لا» أستطيع التحمل بعد الآن، كانت تبدو وكأنها آخر «لا» يقولها.

- من؟

صرخ الرئيس ونفس الصمت، لم ينتظر رابوزو حتى إشارة رئيسه فقام بتدوير الذراع بعنف عازمًا ربما على توليد شحنة من شأنها القضاء على العدو مرة واحدة وإلى الأبد، وقفز جسم راؤول الرطب الملطخ بالدم قفزة أخرى واحدة هائلة في تشنج صامت كان يمكن أن يصل إلى السقف المظلم للغرفة لو لم يكن مربوطًا في عصا التعذيب، لكن لم يخرج من حنجرته شيء سوى اللهاث دون صوت ولا اهتمام... ثم ساد فراغ... جسَّ الرجال الأربعة تنفس السجين، ووجدوا بعد فترة أنه ما زال ينبض، هز الرئيس الجسد المعلق قليلًا وحاذر من لمس الدم، وجه الحديث إلى الآخرين وأظهر وهجًا ساخرًا في الابتسامة الذهبية:

- انظروا إلى حالة هذا الشيء، كل هذا لأنه لم يجب على سؤال، سؤال واحد! شيوعي وحمار! حمار!

ثم أعطى أوامره:

- لن يقول هذا أي شيء الآن، أطلقوا سراحه وأعيدوا هذه الجثة إلى الزنزانة، تقدم الرجلان الأبكمان لتنفيذ الأمر، لكن رابوزو وضع يده بحزم على ذراع الرئيس وأوقف خطوات زملائه. - سعادة الريس! مرة واحدة فقط ! (طلب وهو يتوسل).

- لا يا ماكر... إنه جثة هامدة.

- مرة واحدة فقط! (أصر رابوزو بعيون متوقدة)، دعني ألصق الأسلاك في دُبُره لنرى ماذا سيحدث!

فكر الرئيس لبعض الوقت ثم وافق، لم يكن هناك ضرر في إعطاء هذا المرؤوس تلك الفرحة الصغيرة.

- ولكن مرة واحدة فقط! (حددها له)، ثم خذوه إلى الراحة في زنزانته.

أصدر رابوزو صرخة قصيرة تشبه الضحك المشوه، وأخذ على الفور السلكين المعدنيين كما لو كان يخبر رفاقه أن المهمة كانت من نصيبه هو، وراح يهتز ويتفوه بعبارات الفرح، ووضعهما بعنف في فتحة الشرج، ثم أدار الذراع بأسرع ما يمكن، كان حماسه كبيرًا لدرجة أنه لم يدرك حتى أن تلك الصدمة كانت تغزو بالفعل حياء وأحشاء جسد فاقد الوعي.

الفصل الثامن عشر

«بورتو أليجري»

الأحد/ 21 يونيو 1970

بداية المباراة

عندما صفر الألماني «رودولف جلوكنر» معلنًا بداية المباراة، بدا أن المقهى بأكمله يشع نوعًا من الإثارة المشتركة، وانطلقت صيحة: «أوه!» التي لا بد وأنها تكررت بلهجات وأصوات مختلفة في جميع أنحاء البلاد. أغلق السجان عينيه للحظة منطويًا وناسيًا العالم من حوله، ثم قبَّل ميدالية بها صورة عذراء التجليات معلقة على صدره دون أن يعبأ بمن حوله، نظر إلى راؤول وكأنه يتحداه:

- أصلي كي تفوز البرازيل (قالها مشيرا إلى الميدالية)، وأطلب من راعيتي السيدة عذراء التجليات مساعدتنا.

ثم قال ولا زال التحدي يظهر في عينيه:

- وأنت، هل لديك أي راعية أو قديس يحرسك؟ هل تصلي ليلًا؟

أجاب راؤول وهو ينظر إلى أسفل:

- أصلي كل ليلة من أجل حاميتي عذراء التجليات.

- حسنًا. (علق السجان بسخرية)، عليك حقًّا أن تصلي ولكن اليوم لا حديث عن الدين، كرة القدم فقط، حان وقت التشجيع ودمتم!

وصاح:

- إلى الأمام يا برازيل!

كان المقهى، بل الدولة كلها واثقة من الفوز، فالمنتخب الوطني فاز بجميع المباريات السابقة، وأداؤه في بعض المباريات كان لا ينسى. اعتبرت الصحافة الوطنية مباراة البرازيل وإنجلترا بالفعل أفضل مباراة في تاريخ الكؤوس، فما أروع الدفاع المذهل لجوردون بانكس، والهدف العظيم لبيليه! واليوم، بدا أن إحراز البطولة الثالثة كان مسألة صبر تسعين دقيقة أخرى. كان راؤول الوحيد الذي لا يعرف ذلك، كان من المستحيل أن يشجع عندما يتذكر أنه حتى ذلك الصباح، كان وسط جحيم قد لا ينتهي أبدًا. كان الدليل على ذلك يجلس بجواره، يلعن الإيطاليين مثل أي شخص آخر في المقهى، مواطن صالح.

هتف السجان دون توقف، يعلق على اللعبة ويصرخ بصوت عالٍ، وإذا انزعج أي شخص فتلك مشكلته هو، حتى توقف فجأة عن الصراخ ونظر باندهاش إلى راؤول:

- وأنت، ألا تشجع؟

نظر راؤول إلى السجان وبدا أنه يفهم السؤال الاستفزازي ورأى أنه من الأفضل أن يصطنع عذرًا على الفور:

- بالطبع أنا أشجع... كل ما في الأمر أنني في بداية المباراة أقوم بتحليل الفرقتين، وأرى كيف يلعبون...

- كفاك تحليلًا يا فتى! أنت تحلل أكثر من اللازم!

ضحك إعجابًا بتعليقه، وضرب راؤول على ذراعه اليسرى بصفعة تظاهر بأنها ودودة، ودعاه للتشجيع بصيغة الأمر:

- الآن حان وقت التشجيع! فتح راؤول فمه مندهشًا وحاول أن يبدو وكأنه يبتسم، ثم وجه عينيه إلى التلفاز، كان بيليه يراوغ لاعبًا إيطاليًا في تلك اللحظة.

- هذا الزنجي عبقري في الكرة! عندما تُلعب كرة القدم بهذه الطريقة فأنت لا تحتاج إلى أي شيء آخر! ولا حتى التصويت.

ونكز السجين السابق بكوعه ربما كان ينتظر تعليقًا، ثم نظر بجدية إلى راؤول وتحدث بهدوء:

- لأن الشعب البرازيلي لا يعرف كيف يصوت.

لم يكن راؤول يعرف حتى كيف يرد. في الدقيقة الثامنة عشر، بعد مراوغة لاعب الجناح مباشرة، رفع ريفلينو الكرة عاليًا لصالح بيليه الذي قفز قفزة تعادلُ ثلاثة طوابق متفوقًا على ألبرتوسي بضربة رأس مميتة أحرز بها الهدف البرازيلي المائة في تاريخ

الكؤوس، البرازيل واحد، إيطاليا صفر! وهاج ملعب الأزتيك المكسيكي، زأرت البرازيل... ومقهى «أوزفالدو أرانيا» أيضًا، قفزوا جميعًا مرة واحدة واحتفلوا بالهدف الذي فتح الطريق لنيل اللقب، صرخ راؤول مع الآخرين من ناحية لأنه كان يحاول حقًا الاسترخاء ومن ناحية أخرى بسبب الخوف، هذا الخوف الذي لم يفارقه، إن الرجل الذي بجانبه وهو يصرخ مثل المجنون ويلعن الإيطاليين كما لو كان في حرب، من المؤكد أنه سيجد مساحة في احتفاله ليرمقه بعينيه ويراقب رد فعل السجين السابق، ولم تحوِ صرخة راؤول نفس فرحة الآخرين التي لا حدود لها.

بدأ بعض رواد المقهى في غناء «أنا أحبك يا برازيل» التي يغنيها «دوم» و»رافيل»، ولكن تم احتواؤهم بصرخة استنكار لطيفة من الآخرين:

- لم يحن الوقت المناسب بعد، ما زال أمامنا الكثير من اللعب.

- هؤلاء أناس جهلاء! (علق السجان)، علينا الحذر من هؤلاء الإيطاليين حتى نهاية المباراة!

- نعم. (أجاب راؤول وعيناه مثبتتان على التلفاز).

البرازيل كانت الأفضل لكن إيطاليا لم تمت بعد في الميدان، لدرجة أنها في الدقيقة السابعة والثلاثين وفي ارتباك من دفاع البرازيل، مع محاولة كلودوالدو لتمرير الكرة بالكعب، ارتكب أحد أخطائه القليلة في الكأس بأكملها، ركض فيليكس وضرب المدافعين،

واستغل بونينسينيا ووجه من منطقة الجزاء ركلة منخفضة في الشباك الفارغة. جرت الكرة بهدوء كما لو أنها بطريقة ما لا تريد أن تكون جزءًا من هذا التعادل، في حين ركض فيليكس والدفاع بعد ذلك في خطوات غير كافية وسقط مقهى أوسفالدو في صمت مفاجئ وخيبة أمل وتعادلت إيطاليا عكس أي توقعات برازيلية.

- سنعوض... سنعوض! صاح السجان محدثًا المقهى بأكمله، متناسيًا أن البرازيل هي التي بدأت بالفوز.

- دعونا نقضي على هؤلاء الطليان! وتحيا البرازيل! تحيا البرازيل دائمًا!

صاح بصوت أعلى وهو ينظر إلى راؤول كما لو كانا هما الاثنان فقط في المقهى. انتهى الشوط الأول بنفس النتيجة، وتسببت اللعبة الأخيرة في أن تلعن الكافيتريا كاملة الحكم رودولف جلوكنر؛ فقد كان بيليه على وشك تسجيل هدف الفوز لكن الحكم صفر لإنهاء الشوط بينما كانت الكرة في طريقها إلى المرمى.

- ابن العاهرة الألماني! (صاح السجان وعروق رقبته نافرة، ونظر إلى راؤول مرة أخرى)

- أليس هذا الحكم «قوادًا»؟

وكرر راؤول بصوت خفيض: «ابن العاهرة»، وعينه على الأرض وشتم شتائم غير مفهومة ثم كما لو أنه لا يعرف ماذا يفعل، دعا النادل:

- أحضر لي بيرة أخرى.

عندما وصل الشراب دفع راؤول وسأل عن مكان الحمام، أشار النادل إلى باب جرار في الجزء الخلفي من الكافتيريا فقال راؤول:

- سوف أتبول استعدادًا للشوط الثاني. (محاولًا أن يكون طبيعيًا قدر الإمكان).

قال السجان:

- اذهب ولا تهرب.

ذهب راؤول إلى الحمام وهو يفكر في تعليق الرجل، «أهرُب!»، الكلمة التي استخدمها هي ما يحاول السجناء القيام به، الهروب من السجن... من الأسر... من الزنزانة... من العقاب، لم يقل الرجل «اذهب ولا تغادر» أو «اذهب وعد إلى هنا»، لا، لقد قال «اذهب ولا تهرب»، لأن هذه كانت الطريقة لإخبار راؤول أنه لا يزال في السجن وسيكون دائمًا كذلك، ستكون الحياة سجنًا من الآن فصاعدًا، أخذ راؤول نفسًا عميقًا أثناء التبول في تلك المبولة الضيقة، وقف هناك لبعض الوقت ينظر إلى المرآة القاتمة فوق الحوض.

- سأبقى لأطول فترة ممكنة في الداخل دون الحاجة إلى التحدث أو النظر إلى السجان، وعندما تنتهي المباراة، أيًا كانت النتيجة سأنتظر حتى يغادر الرجل ثم آخذ الطريق المعاكس.

حتى سمع طرقات قوية وعاجلة على الباب قطعت عليه صمته:

- يا رجل! هناك أناس يريدون التبول! كان هناك أربعة رجال في طابور الانتظار.

أخذوا يهمسون بسخرية ووقاحة عند خروج راؤول، تظاهر بأنه لم يلاحظ فهو لم يكن يريد المشاكل، أراد فقط أن تصل الساعة التاسعة ليلًا حتى يصل البيت ويعانق والدته.

قال السجان بصوت غليظ بينما كان يرفع الزجاجة الفارغة:

- أحسست برغبة في شرب هذه البيرة، كانت ستسخن، عليك أن تطلب زجاجة أخرى.

وضحك بصوت عالٍ على التعليق والنكتة والاستفزاز وصيغة الأمر، والخوف الذي خمنه في عين الآخر، وافق راؤول على ذلك قائلًا:

- لا بأس، فقط دعني أرى ما إذا كان لا يزال لدي نقود.

- نعم لديك (وخفض صوته)، محفظتك ممتلئة وأنا أعلم.

عندما وصلت البيرة الجديدة كان الشوط الثاني قد بدأ، وكان المقهى بأكمله مزدحمًا بالفعل في تلك الدقائق الخمس والأربعين الحاسمة، اتجهت العيون المتحفزة إلى شاشة التلفاز الأبيض والأسود. عظيم، (فكر راؤول)، ربما يتركه الرجل الذي بجانبه وحده، كان راؤول هو الوحيد في الكافيتريا كلها الذي لم تكن المباراة في ذلك اليوم مهمة بالنسبة له، فقد كان حزينًا جدًا... نعم،

حزينًا جدًا. استمر قلق المقهى حتى الدقيقة الحادية والعشرين، في ذلك الوقت، شاط قائد الفريق كارلوس ألبرتو الكرة إلى جيرسون في اليسار فمررها إلى الإعصار جيرزينيو الذي تمت إعاقته، لكن الكرة ذهبت مرة أخرى إلى جيرسون الذي راوغ الخصم وعدلها على ساقه اليسرى ووضعها مراوغة، دخلت في ركن مرمى ألبرتوسي وهاجت الكافيتريا مرة أخرى، صرخوا من الفرح والقوة فقد طُرد شبح التعادل وولَّى، صاح الجميع باستثناء راؤول الذي كانت عينه في تلك اللحظة على التلفاز وروحه في يأس تام، لم يفكر إلا في ذلك الخوف المجهول الذي شعر به الآن وسيظل يشعر به دومًا، في التهديد الضاحك الذي يقبع بجانبه. عندما قفز المقهى كله فرحًا، كان مذهولًا ثم قفز أيضًا في صرخة يائسة بكلمة «هدااااف» حتى لا يلاحظ السجان شروده، وحتى لا يبدأ في استجوابه بطريقة ما، لكن قفزته لم تكن كافية بعد نشوة كسر التعادل، عندما بدأ اللعب مرة أخرى في مكسيكو سيتي، نظر السجان إلى راؤول بعيون محترفة وسأله عما إذا كان لا يستمتع بالمباراة.

أجاب راؤول:

- نعم أستمتع.

- لماذا لا تهتف إذًا؟

كانت نظرة السجان تنطوي على أمر، تذكر راؤول الملصقات التي تم تداولها في بعض السيارات دون أن يبدو لها أي معنى على

الإطلاق وكانت تقول «البرازيل، إما تحبها أو تتركها»، والحقيقة هي إن تلك الملصقات لم يعد لها أي معنى فجأة، ولكن بم يجيب الرجل الذي بجانبه الذي ينتظر الجواب بنظرة تشبه تلك التي كان ينظرها له في جلسات التعذيب؟ لكن اللعب أنقذ راؤول قبل أن يرد، فقد قام جيرسون برمية دقيقة للكرة سقطت بالضبط على بيليه الذي بلمسة واحدة من رأسه مررها إلى جيرزينيو الذي قام بمراوغة مدافع إيطالي مشوش، لمس جيرزينيو الكرة بطرف الحذاء دون أن يتحرك تقريبًا فدخلت ببطء في مرمى ألبرتوسي البائس، وصار لقب الكأس للمرة الثالثة مضمونًا بالفعل. كان للجناح الأيمن للبرازيل شرف تحقيق إنجاز بتسجيل الأهداف في جميع مباريات الفريق في الكأس، وانفجر ملايين الأشخاص في البرازيل والمكسيك فرحين في صرخة مشتركة أكدت على حصولنا على البطولة.

أما راؤول الذي كان لا يزال يفكر في كيفية الرد على استفزاز السجان، فقد فوجئ مرة أخرى بالصراخ، وحاول أن يبرهن على فرحته غير الموجودة بمواهب الممثل التي لم تكن لديه، صرخ صرخة «هدااااااف» والتي بدت أشبه بالبكاء حتى أنها أزعجت القريبين منه قليلًا، وفجأة، بدأ يبكي حقًّا.

- ما الأمر يا فتى؟ ألن تخبرني بما يحدث؟ (واستهزأ السجان بدموع الآخر المفاجئة فقطع احتفاله للحظة).

- لا، أنا آسف... (تلعثم راؤول)، أنا لست بصحة جيدة، إن...

أشياء كثيرة تحدث في نفس الوقت. (أجاب راؤول ولم يعرف ماذا يقول ولا يعرف ما يمكنه قوله).

- أين هي الأشياء الكثيرة يا فتى! اليوم هناك شيء واحد فقط، البرازيل بطل لثالث مرة! أما الباقي فغير موجود، أفهمت؟ غير موجود!

وفصل بين كلمات الجملة الأخيرة جيدًا، بينما يحملق في راؤول دون أن ينطق بكلمة أخرى، فلم يكن يحتاج أن يضيف على ما قال.

فهم السجين الرسالة، وعرف أنه سيحتاج للسيطرة على نفسه في الوقت الذي يشعر فيه بضعفه واختلال أفكاره، أن يسيطر على الخوف، على الذكريات، الآلام، على الذاكرة والهلع الذي كان يمثله هذا الرجل الجالس بجواره بعينه التي تزداد عنفًا.

- اطلب بيرة أخرى كي تهدئك.

أمره السجان، بدأ راؤول يرفع ذراعه لاستدعاء النادل لكن الآخر أوقفه بصفعة خفيفة:

- اتركه لي، إذا طلبت أنت ستصل البيرة في المباراة النهائية لكأس العالم القادمة!

ثم صاح، فغطى صوته على المباراة وهو غير عابئ إذا كان الصوت يزعج الحضور:

- يا رجل! أحضر لي زجاجة أخرى باردة هنا على الطاولة وبسرعة!

أحضر النادل البيرة وتركها بصمت على الطاولة، نظر إلى الزبون نظرة موحية، مزيج من الشك والتأكيد، كما لو كان يسأل لماذا لم يترك راؤول هذا الحقير على الفور لكن راؤول نظر بعيدًا، سكب الشراب لنفسه وللسجان، وأدرك أن تلك المباراة في ذلك المقهى ومع هذه الصحبة تبدو وكأنها امتداد رياضي لجلسات التعذيب، أفرغ شريكه في الطاولة كأسه في فمه دفعة واحدة، وأحدث ضجيجًا ينم عن رضاه وهو يضع الكأس على الطاولة البلاستيكية البيضاء، ثم ظهر لهب شرير على وجهه تدريجيًا، وأمر راؤول بإعادة ملئ الكأس ثم وجه انتباهه وهو شبه سكران إلى الدقائق الأخيرة من المباراة.

وهكذا استمر... يشرب فقط ويشاهد المباراة في صمت مليء بالكراهية، حتى شاهد الجلوس عملًا فنيًا يتشكل أمام الجميع، قطع توستاو الكرة من الخصم ولفها باتجاه بياتسا، لعبها المدافع إلى كلودوالدو الذي مررها إلى بيليه ومن بيليه إلى جيرسون الذي أعادها إلى لاعب الوسط، راوغ كلودوالدو المصمم على محو الهراء الذي قام به في الشوط الأول والخارج عن إرادته، واحدًا واثنين وثلاثة وأربعة إيطاليين ليشعل الملعب المكسيكي بالآهات ومرر الكرة إلى ريفلينو، صاح كلودوالدو: «العبها إلى جيرزينيو» ففعل ريفلينو؛ انطلق جيرزينيو كالإعصار ومررها من بين رجلي

فاكيتي وأعطاها إلى بيليه ملك الكرة الذي يفعل أشياء تبدو سهلة بالنسبة له لكن لا أحد غيره يقدر على فعلها، لمس الكرة بتمريرة مثيرة لكارلوس ألبرتو الذي ظهر من تحت الأرض (لم تكن تراه سوى عيني بيليه الرائعتان) فضرب الكرة بقوة قاطرة ليسجل مرة أخرى هدفًا في حارس مرمى، كان بالفعل مهزومًا فصارت النتيجة أربعة مقابل واحد.

كان الهدف الرابع يستحق أن يوضع في «برواز» فقد منح لقب البطولة الثالث للبرازيل وكأنه تحفة ثمينة، كان الأمر مبهجًا، قفز المقهى مرة أخرى يحتفل الآن بالهدف والبطولة، وعانق السجان سجينه باندفاع وبقوة شخص اعتاد الضرب، كان راؤول مندهشًا فصرخ صرخة قصيرة من الألم، كانت كدمات التعذيب لا تزال على جسده.

- ما الأمر يا فتى؟ ألست سعيدًا؟

ونسي السجان على الفور احتفاله والنصر وكأس العالم، لم يهتم بملاحظة الآخرين لصوته العالي المفاجئ، نظر إلى راؤول بغضب مقيد وكأن صرخة الآخر من الألم كانت غير مهذبة، أو ربما كانت حسب اعتقاده حركة نفور من شخص لا يريد أن يفوز فريقه، صرخة شخص كان ضد البرازيل، صرخة شيوعي وقح.

- لا شيء! سعيد جدًّا بالطبع!

حاول راؤول أن يبقى هادئًا لكنه شعر بجسده يرتجف، لقد كان خوفًا جديدًا ومتجددًا في نفس الوقت لا ينتهي. «إن جسدي

كله يؤلمني»، وبعد صمت حاول فيه انتقاء كلماته قال:

- لقد خبطتُ نفسي في شيء أعتقد أنه كان في المنزل، لا أذكر...

علق السجان بصوت منخفض:

- يجب أن تحذر أينما كنت. (وكأنه يحرص على ألا يسمعه أحد غير راؤول).

وانتظر قليلًا هو الآخر قبل أن يواصل بعيدًا عن احتفال الآخرين، وقال مهددًا بكلمات تبدو كأنها مواساة:

- يجب أن تكون حذرًا للغاية أينما تكون، احذر كثيرًا!

ثم ظل صامتًا غير عابئ بالدقائق الأخيرة من المباراة التي كان البرازيليون يلمسون فيها الكرة لا أكثر، بينما كان المقهى بأكمله مثل كثيرين آخرين في بورتو أليجري يصيح: «ياالله»، وبدأوا في ترديد كلمات أغنية دوم ورافيل: «تسعون مليون وراءكم/ إلى الأمام يا برازيل/ حفظ الله المنتخب»... أما راؤول، فلم يكن يعرف ماذا يفعل، كان حريصًا على إظهار أنه كان يهتف أيضًا فبدأ في الغناء مع الآخرين، لكن ثقل يد السجان على ساقه منعه:

- كن هادئًا، لا تغنِّ (قالها الرجل بلهجة آمرة)، فأولئك الذين لا يشعرون بالموسيقى في قلوبهم لا يمكنهم الغناء.

- لكنني أشعر... (أراد راؤول أن يحتج).

- لا (قاطعه الآخر)، لا تشعر بشيء.

شهد راؤول في صمت مؤلم البرازيل تفوز بالكأس للمرة الثالثة عندما صفر الألماني معلنًا نهاية المباراة، صرخ المقهى الذي كان يهتز بالفعل بأكمله وبصوت أعلى. أطلق السجان صيحة احتفالية طويلة، حيث نعت جميع اللاعبين الإيطاليين والبعثة بأكملها والفريق كله، بل والبلد بأكملها بأنهم أبناء عاهرات، ثم بصوت مخمور أمر راؤول بالمغادرة.

- اذهب، لا تبق هنا، اذهب في طريقك، مكانك ليس مع أولئك الذين يهتفون للبرازيل، خذ طريقك راؤول...

وركز كثيرًا على مقاطع الجملة الأخيرة كما لو كانت رسالة، في أي وقت وكلما أرادوا سيعرفون المزيد عنك راؤول أكثر من اسمك.

- ولكن لا... (أراد راؤول أن يحتج لكنه لم يمهله).

- اذهب يا فتى الآن! ولا تنظر حتى إلى الوراء...

وفي لفتة غاضبة جمعت حماس الكافتيريا كلها:

- دع البرازيليين الحقيقيين يحتفلون.

وبينما ذهب راؤول إلى الصراف لدفع ثمن آخر زجاجة بيرة وهو لا يزال مندهشًا من عدم شعوره بالفرح، فكر السجان أنهم أخطأوا عندما تركوه يذهب، فهو لم يهتز طربًا ولو مرة واحدة، لذلك فهو شيوعي حقًا. غدًا سأخبر الرئيس بذلك، كان من الضروري أن نراقب هذ الشيوعي، ربما سيكون من الضروري اعتقاله مرة أخرى.

الفصل التاسع عشر

«بورتو أليجري»

صباح الخميس/ 18 يونيو 1970

آسفة يا جارتي لأني أسبب لكِ إزعاجًا هنا في منزلك طوال الوقت، لكن يأسى كبير جدًا لدرجة أنه يبدو أنني بحاجة دائمًا إلى التحدث إلى شخص ما، أو وجود شخص ما حولي، أحاول أن أشتت انتباهي على الرغم من أنني أعرف أنه مستحيل، أتعرفين؟ لأنه لا تمر علي ثانية لا أفكر فيها في راؤول، كيف حاله؟ وأين هو؟ أعاني من كوني لا أعرف أي شيء عن ابني حبيبي؛ لذا فإني أشعر برغبة في أن أختفي أيضًا وأذهب إلى مكان غير الذي أنا فيه، وأن أسير بلا هدف ودون تفكير في أي شيء كما لو كنت أستطيع فعل ذلك! لأنني اكتشفت للتو أنه إذا كان هناك ألم أكبر من موت الولد فهو أن يكون ولدك مفقودًا، فهو ألم لا تقوى على تحديده، إنه ألم الشك! أريد فقط أن أستند على ابني، أن أهزه أو على الأقل أكحل عيني برؤيته، فجأة ودون مقدمات، هذا العذاب الذي لا ينتهي، وهذا الليل الذي ليس له نهار، هذا الظلام وتلك العتمة، وكل هذه الأسئلة التي لم يرد عليها أحد... لا الشرطة ولا الصحيفة

ولا الكنيسة ولا المستشفى ولا المشرحة حتى! لقد زرت كل هذه الأماكن أو هاتفتُها، ولا شيء! لا توجد معلومات على الإطلاق، لا شيء! لا أحد يعلم!

بالمناسبة، لا تنسَي أن تعطيني فاتورة الهاتف عند وصولها، لا أريد أن أتجاوز في استغلال صداقتنا، وبسبب هذه الصداقة أنا هنا أزعجك وأفسد روتينك اليومي، فأنت تحتاجين إلى القيام بأمورك في حين تستمرين في الرد علي، أنا فقط أبكي وأنوح لكنني أعرف أنك تفهمينني، الألم... آه، يا له من ألم مبرح! لهذا السبب فأنا لا أغادر منزلك خلال النهار، ولكن هذا أيضًا هو السبب في أنني لم أقبل دعوتك للنوم هنا في الليل حبيبتي، دعوتك أثرت في كثيرًا، وكانت لي راحة في جحيمي لكنني لم أستطع قبولها، فإذا قبلت لن يخلد أي منكم إلى النوم لأنني أدور طوال الليل، أمشي من جانب إلى آخر، وأبكي بصوت عالٍ في بعض الأحيان ولا أستطيع النوم. لا أعرف كم من الوقت أمضي دون نوم لأن هذا ما أقوم به، أقضي الليل دون أن يغمض لي جفن مثل الأشباح، أفكر في برودة الجو وبرد هذه الليالي، وفيما يقاسيه ابني من البرد، وما يقضُّ مضجعي أكثر هو أنني أتمنى أن يحدث له هذا، لأن معناه على الأقل أنه ما زال حيًّا... آه يا ولدي، إني أنظرُ إلى سرير راؤول والملاءة مفرودة عليه، وكل أشيائه الصغيرة مرتبة بعناية، ملابسه مرتبة في الخزانة، ومجموعة مجلات كرة القدم المكدسة في زاوية بجوار الباب، والراديو على المنضدة، أسأل نفسي فقط هل سيعود لينام في تلك الغرفة من جديد؟ وبعد ذلك أحاول أن أواسي نفسي،

أقول لنفسي: بالطبع أن ذلك سيحدث، أتساءل أيضًا لماذا يحدث هذا معي؟ ومهما حاولت أن أجتهد لا يمكنني حتى تخيل إجابة. لم أؤذي أحدًا أبدًا ولم أتمنى أبدًا الأذى لأحد، كذلك ابني راؤول... أنتِ تعرفين كيف ربيت ابني وكيف إنه ولد طيب حتى أنه لا يغادر المنزل، ونادرًا ما يذهب في نزهة حول المكان ولكن رغم ذلك، أفضفض معك أنتِ فقط، فلم أذكر ذلك للشرطة أو للكاهن أو للصحيفة أو لأي شخص، ولكني أتحدث إليك أنتِ لدي خوف، بعض الخوف لأننا نربي ونعلم، ولكننا لا يمكن أن نعرف حقيقة الآخرين تمامًا، فالشارع والأصحاب والصحف والراديو وحتى التلفاز، كلها تؤثر في الناس وابني لا يشذ عن القاعدة، فأحيانًا تكون هذه التأثيرات غير جيدة لذا يساورني هذا الخوف. نحن نشاهد الأخبار ونسمع عن أشياء غريبة، ونتخيل دائمًا أن ذلك يحدث فقط للآخرين، ولكن من يدري؟ لذا أخشى أن يكون ابني متورطًا مع أي من هذه الجماعات الشيوعية، هذه العصابات كما يسمونها؟ أو المخربين أليس كذلك! نعم، أقول لك، لم أعلق أبدًا على هذا الأمر مع أي شخص آخر، والواقع أنه ليس عدم ثقة فيه لأنني أرجع بالذاكرة إلى الوراء ولا أجد شيئًا يجعلني أفكر بهذه الطريقة، ولم أجد شيئًا في متعلقاته أبدًا يدل على أنه متورط مع الشيوعيين.

لكنني لا أعرف ومن الصعب أن نعرف، علاوة على اختفاء صديقته المفاجئ، أعترف لك أنني كنت أظن دومًا أنها ترمي نفسها عليه، وأنها قد تكون شريكة في تلك العصابات، والحقيقة هي أن

ابني قد اختفى وأنا أجبر نفسي على التفكير في أن كل شيء يمكن أن يحدث، حتى احتمال أنه ربط نفسه بإحدى هذه المجموعات من الأشقياء... هل فكرت يومًا يا جارتي أن راؤول كان متورطًا في شيء من هذا القبيل؟ فليقدر الرب والسيدة عذراء التجليات أن يكون هذا مجرد هراء لأم يائسة، وأنه سرعان ما سيعود لي ويوضح لي كل شيء بشكل صحيح، وأن قلبي يمكن أن يستريح أخيرًا ويتنفس الصعداء مرة أخرى، ومن ثم سيكون هذا أسعد يوم في حياتي، اليوم الذي يعود فيه راؤول وأكتشف أنه لم يشارك مع هؤلاء الشيوعيين.

الفصل العشرون

«بورتو أليجري»

الجمعة/ 19 يونيو 1970

بعد جلسة التعذيب

كان راؤول قد وقف نزيفه تقريبًا، كانت رائحته كريهة وهو ملقى على الأرض، قام الرجال يجرونه إلى الزنزانة، وراح خيط من الدم والبراز يقطر على الطريق، طرحوه أرضًا بحركة خفيفة على الفراش وهم يبدو عليهم شعور لحظي بالشفقة، بعدها تمدد الجسد من تلقاء نفسه على الأرض الرطبة فاتشح الإسمنت باللون أحمر، ولم يرغب أي من الرجال في رفعه كيلا تتسخ أياديهم، ثم تركوا الزنزانة في صمت. بقي السجان فقط لفترة قصيرة في الممر كما لو كان ينتظر أي حركة من السجين، ثم استسلم وترك الآخر يعاني وحده في عناده. بقي الجسد ساكنًا لبضع دقائق، ثم شيئًا فشيئًا بدأ يسترد وعيه، زحف لينام على الفراش، راح يستمتع لبضع ثوانٍ بالحد الأدنى من الراحة التي استمدها من الرغوة الرطبة في فمه شاكرًا الرب والسيدة عذراء التجليات لكونه

ما زال على قيد الحياة ويستطيع التفكير. بقي على هذا النحو دون حركة تقريبًا، أغلق عينيه وشعر بأنه يتنفس وتأكد من أن جميع أجزاء جسده لا تزال موجودة، حرك قدميه وساقيه قليلًا وأخذ يئن في هدوء وجسده يرتعش رعشة غير معروفة، حاول رفع ذراعيه لكنه فشل، حرك يديه المتألمتين وشعر بلزوجة الدم بين أصابعه المهشمة، فتح عينيه وشعر بآلام مبرحة، هز رأسه ببطء من جانب إلى آخر بحرص وبدا له أن رقبته قد انفصلت عن جسده، أراد أن يقاوم الألم قائلًا لنفسه أن كل ذلك سوف ينتهي لكنه لم ينته، كان الألم مبرحًا وكان يشعر به وكأنه لا يزال يُضربُ حينها، إنه ألم أبدي... لم يحرك راؤول ساكنًا لمدة ساعة تقريبًا في جو الزنزانة الموبوء، لأن كل حركة كانت عبارة عن معاناة جديدة، حتى بلغ العطش منه مبلغه، جر جسمه ناحية الحوض واستجمع كل القوى التي لم تكن لديه أصلًا، وصعد نحو الصنبور، فتحه وكالعادة كانت المياه مالحة قليلًا تنساب ببطء، قام بغسل الدم الذي كاد أن يجف على يديه الجريحتين، ثم ضمها على شكل صدفة تحت خيط الماء الرقيق القاتم وقرب فمه إليها، كانت حركة مؤلمة... مؤلمة كثيرًا. هدأ العطش الناجي من الموت ببطء بينما يشرب الماء الممزوج بالدم بالسرعة البطيئة التي سمحت بها رشفاته الضعيفة، ثم ودون أن يعرف كيف تحامل على نفسه، أسند رأسه على الحوض وترك الماء الضعيف ينشطه قليلًا، ثم قام بغسل ساقيه ومؤخرته قدر الإمكان ببطء وضعف، مسح نفسه بقطعة قماش مبللة وترك الماء المتسخ يسقط في الدلو

وفي الحوض. استغرق الأمر حوالي خمس عشرة دقيقة، يستريح بين الحين والآخر، وبقي على هذا النحو قدر ما استطاعت رجلاه أن تحملاه، ثم زحف إلى الفراش مرة أخرى بينما كانت عيناه مفتوحتان تحملقان صوب السقف المظلم، أدرك مرة أخرى أنه لا يعرف إذا كانت الدنيا نهارًا أو ليلًا، لكن ذلك لم يعد يفرق معه. هناك، حاول راؤول أن يتعافى وأن يرتب أفكاره أيضًا لأنه لم يكن يعرف فيما يفكر، ولم يكن يعرف عدد الأيام التي قضاها في ذلك السجن، ناهيك عن المدة التي سيظل فيها حبيسًا فيما بعد. كان عدم اليقين هو أسوأ ما يعانيه، لأنه كان يعلم أنه قد لا يخرج مرة أخرى. إن قسوة هؤلاء الرجال لم يكن لها حد مع راؤول، ولم يكن عند أي شخص في الخارج أي فكرة عن مكانه، فإذا أرادوا قتله أو أرادوا إخفاءه، وإذا فعلوا به ما يحلو لهم فلن يكون هناك ما يمنعهم إلا أخلاقهم الطيبة غير الموجودة أصلًا.

لماذا آلمه هؤلاء الرجال بشدة؟ كان من المستحيل بالنسبة إليهم ألا يعرفوا أن راؤول كان مجرد رجل مسكين، شخص لا أهمية له، شخص ليس لديه فكرة عن كيفية حدوث الاختطاف ولا يفهم في أي موضوع سوى العمل وكرة القدم والعربدة. كان من الواضح أنهم كانوا يعلمون أن راؤول قد تم سجنه عن طريق الخطأ وأنه لم يكن له علاقة بأي جماعة إرهابية أو شيوعية أو تخريبية، أو حركة «توبامارو» الثورية، أو تنظيم «مونتونيرو» في الأرجنتين، أو «المجموعة البلشفية» التي تتبنى العنف، كان هذا هو الاسم الذي أطلقه الرئيس عليها مرة واحدة وصوته يمتلئ بالسخرية، كما أنه

لم يشترك مع أي خلية أو جبهة تم تشكيلها للإطاحة بالحكومة.

إذا كان من الواضح أنهم يعرفون أن راؤول ليس هو الرجل الذي يريدونه، فلا يوجد سبب لتركه سجينًا لكنهم تركوه واستمروا في استجوابه وعذبوه، وطرحوا عليه الأسئلة نفسها مرارًا وتكرارًا والتي لم يجب عليها السجين أبدًا. «وما زلتُ رهن الاعتقال»، (فكر راؤول)، على الرغم من ذلك فقط لأنهم أشرار، فمنذ أيام قليلة مضت لم يكن راؤول يعرف حتى أن هناك أسبابًا تدفع أي شخص إلى الإطاحة بالحكومة.

كانت الإذاعة والصحافة والتلفاز يقولون إن كل شيء يسير على ما يرام في البلاد والحياة رغدة، وما دون ذلك كان أمرًا لا يهم ولا يعنيه، هؤلاء المجانين الذين كان يسمع عنهم أحيانًا، أولئك الذين هاجموا البنوك وخطفوا الناس كانوا في نظر راؤول مجرد مجانين أو مجرمين... نعم، كانوا مجرمين... نعم، قالت جميع الصحف ذلك، ومن يكون هو كي يقول قولًا آخر؟ وإذا لم يكونوا مجرمين لماذا يقاتلون إذن؟ لم يكن راؤول يفهم ولكن الآن وهو مختبئ في فراشه الرطب ينزف في صمت ويعاني كل الآلام، يسجن عن طريق الخطأ ويتعرض للتعذيب فقط من أجل أنهم أشرار... بدأ يفهم الأمور.

الفصل الحادي والعشرين

«بورتو أليجري»

السبت/ 20 يونيو 1970

حوالي التاسعة مساءً - الليلة السابقة ليوم مباراة نهائي كأس العالم

كان الرجال الأربعة يستمعون أثناء الخدمة إلى الراديو ويتسامرون، فلم يكن لديهم الكثير ليفعلوه، عندما فوجئوا بوصول النائب غير المتوقع، قام أحدهم على الفور بسحب قدميه من فوق الطاولة وحاول ارتداء حذائه خلسه، وركض آخر لخفض صوت الراديو لكن الرئيس لم ينتبه لسباق مرؤوسيه المحموم لترتيب أوضاعهم وسأل دون تحية:

- كيف حال سجيننا؟

نظر الرجال الأربعة إلى بعضهم البعض كما لو كان هناك لغز في هذا السؤال، ثم رد أحدهم:

- لا جديد يا رئيس، أعتقد أنه ما زال يشعر بالدوار من الضرب

بالعصا، يبدو أن الرجل ليس قويًا بالمرة.

ضحك الجميع باستثناء النائب فقد كانت ليلة السبت، وكان يريد أن يكون مع زوجته وأولاده في المنزل، لكنه اضطر للمجيء بسبب المكالمة التي تلقاها.

- وهو كذلك، غدًا سنطلق سراحه، لذلك (ونظر إلى الرجال الأربعة بصرامة مُعلم في صالة ألعاب رياضية) لا يلمسه أحد منكم الليلة، دعوه يتعافى قليلًا.

- حسنًا يا رئيس، تحت أمرك (ونظر الأربعة إلى بعضهم البعض في حيرة)، ولكن هل يمكن أن نعرف لماذا؟ فهو لم يعترف بأي شيء بعد!

وأشار أحد الرجال إلى الممر المظلم لمركز التعذيب السري هذا حيث كان راؤول في تلك الأيام هو السجين الوحيد هناك.

- لم يعترف بأي شيء لأنه لا يعرف أي شيء، إنه بريء، لم يشارك في أي اختطاف، وليس لديه أي فكرة عن القنصل، ولم يرتكب أي حماقة، إنه صادق فيما يقوله عن نفسه، فهو مجرد مصرفي نكرة...

وبعد توقفٍ قلق قال:

- واليوم اعتقلوا المجرم الحقيقي.

- المجرم الحقيقي يا رئيس؟! (فوجئ الرجال الأربعة).

- نعم، المجرم الحقيقي. (ولم يضف على ذلك منتظرًا السؤال).

- وماذا يعني ذلك؟ (سأل أكثر الأربعة فضولًا).

- الأمر سهل، هذا يعني أننا قبضنا على الرجل الخطأ، نحن لا! بل إن الرجال الأربعة عديمي الكفاءة الذين يأتمرون بأوامري قبضوا على الرجل الخطأ! (وراح ينقر بأصابعه على الطاولة في محاولة لكبح جماحه)، وأنتم تعلمون أن هذا سيجعلني في ورطة بالتأكيد، اليوم تلقيت بالفعل مكالمة هاتفية من مستوى أعلى لم تجعلني سعيدًا على الإطلاق...

ثم حملقَ في الرجال الأربعة بعيونهم العميقة عديمة اللون.

- لكن إذا حدثت معي مشكلة فسوف تطالكم أيضًا! لن أدع القنبلة تنفجر في يدي وحدي! لذا استعدوا!

قال الرجل كل ذلك ولم تتغير تعبيرات وجهه الذي بدا وكأنه وجه رجل ميت.

- لكن كيف يا دكتور؟ لقد قبضنا على الرجل الصحيح في اليوم والوقت المحددين؟ (غامر أحد الرجال بالسؤال).

- لقد أخطأتم وانتهى الأمر!

نظر الرجال في الغرفة إلى بعضهم البعض مرة أخرى، وظل جميعهم صامتين لبعض الوقت دون أن يقولوا أي شيء، كان المرؤوسون الأربعة يعرفون أن غضب الدكتور هو الأسوأ، فهو

غضب لا ينفجر مرة واحدة في لحظة، لكنه غضب ينتشر بهدوء على فترات طويلة ويخرج في نوع من الغضب البارد المحسوب، وقد يعني ذلك المطاردة لهم أو النقل والإحالة إلى الاستيداع، لذلك ظلوا هادئين ينتظرون فقط أن يختفي ذلك اللمعان الغاضب من عيني الرئيس الرمادية.

استمر الرئيس في النقر بأصابعه على الطاولة لبضع ثوانٍ كما لو كان يظهر بذلك مقدار الغضب، ثم ترك حركات يده تعبر عما بداخله وواصل حديثه:

- على أي حال، لقد ارتكبنا الخطأ بالفعل، دعونا ننتظر ونرى ما سيحدث، آمل أن لا يحدث أي شيء لأنني أعتقد أنه تربطني علاقة جيدة بالرجال في المستويات العليا، وإذا لم يحدث لي أي مكروه فلن تضاروا بأي شيء، لكن إذا حدث... فأنا لست هنا لأتحمل العبء وحدي... وبعد ذلك... (كما لو كان يتحدث مع نفسه)، لكن سنرى، والآن اسمعوا جيدًا ما سوف أقوله، سأتحدث مرة واحدة فقط ثم أذهب إلى منزلي وكل شيء متروك لكم.

نظر إلى ساعته كما لو كان يذكر نفسه أنه لا بد وأن يكون هناك في بيته، يوم السبت الذي كان على وشك الانتهاء بالفعل، اعتدل الرجال الأربعة في جلستهم على الكراسي استعدادًا لتلقي التعليمات من النائب.

- انتبهوا جيدًا...

رفع يديه من على الطاولة وطوى ذراعيه على صدره في حركة تأكيد على الأوامر التي سوف يصدرها:

- صباح الغد، حوالي الساعة العاشرة، أنتم جميعًا الأربعة، أتفهمون؟ تأخذون الرجل المسكين وتعيدون له أشياءه بما فيها المحفظة وفيها النقود، غطوا وجهه بغطاء الرأس وضعوه في السيارة وتحركوا بها في أماكن عدة لمدة نصف ساعة أو ساعة في المنحنيات والمنعطفات كي يفقد تركيزه ويتوه، وبعد ذلك في أي شارع هادئ ومهجور، يمكنكم السماح له بالذهاب، فقط أخرجوه من السيارة بهدوء ولا تفعلوا شيئًا معه، اتفقنا؟ لا شيء على الإطلاق! لا أريدكم أن تمسوه بإصبع حتى! (نظر إلى رابوزو بشكل خاص وكان أحد الرجال الموجودين)، ولا تتحدثوا كثيرًا مع الرجل خلال الجولة! لا تخبروه بأنكم على وشك أن تطلقوا سراحه لأننا نريده خائفًا حتى النهاية، ولا نريد أن نزعجه كثيرًا ولا أن نفرحه كثيرًا، والأهم من ذلك، دعوه يعرف بوضوح أنه لا يمكنه حتى التعليق مع أي شخص عن هذه المدة التي بقي فيها هنا معنا (ضحك الرجال على هذه النكتة المعتادة والتي تتكرر مع كل سجين جديد)، يعني دعوه يعرف أنه لم يسبق له المكوث هنا من قبل حتى لو كان مكانًا يجهله ولا يعرف، ولن يتمكن أبدًا من تحديده.

وأشار بإصبعه إلى الجدران القاتمة في الغرفة.

- لذا، أريدكم أن تتجولوا كثيرًا، وأن تضيعوا بعض الوقت في المشي بالسيارة، وأكدوا عليه تمامًا أنه لم يكن موجودًا هنا من قبل أبدًا، باختصار، لم يقبض عليه قط أو أي شيء من هذا القبيل. يجب أن يعرف أنه بإمكاننا مراقبته مدى الحياة، وأنه إذا لم يتصرف بشكل صحيح فستدور عليه الدوائر، وعليه أن يخترع القصة التي سيخبرها لوالدته، هل تفهمون جيدًا؟

أومأ الرجال برؤوسهم صامتين، سأل أحدهم عما إذا كان يمكنهم القيام بهذه المهمة في ذلك الوقت من الليل وقال:

- نتخلص منه الآن ويكون كل شيء على ما يرام.

- لا، لأن غدًا هناك مباراة...

- نعم ، أعلم وسأشاهدها بالطبع وكل العالم سيفعل.

- نعم، ونحن أيضًا نود مشاهدتها، ربما لن يكون هناك وقت...

- وما دخلي بهذا؟

- إنه نهائي كأس العالم يا رئيس... بين البرازيل وإيطاليا...

قاطعهم الرئيس:

- صباح الغد في العاشرة، فأنا لم أفعل هذا الهراء، ولستُ أنا

الذي سيدفع الثمن وحده، أريد أن تشتركوا جميعكم في ذلك أنتم الأربعة، سأتصل هنا الساعة العاشرة تمامًا وأريد التحدث إليكم جميعًا، وأنتم الذين يجب أن تتعاملوا مع عنصر الوقت.

فهموا أن هذا التصميم قد يكون بداية لعقابهم جميعًا.

الفصل الثاني والعشرين

«بورتو أليجري»

الأحد/ 12 يونيو 0791

بعد مباراة فوز البرازيل بكأس العالم لثالث مرة

أطاع راؤول أمر السجان، وفي خضم نشوة الموجودين بالمقهى والمدينة والبلاد جميعها، سار نحو الصراف دون أن ينظر إلى الوراء، كان خائفًا من كل شيء وبالأخص لأن الآخر قد ذكر اسمه على الملأ. قال الرجل: «يا راؤول»، وقد ظهرت عليه المتعة وهو ينطق بكل حرف من حروف اسمه، سأله النادل متعجبًا وكله حماس:

- ماذا! ألن تشارك في الاحتفال؟

قال راؤول: «لا، لا»، وهو يمد يده بالنقود إلى النادل: «أنا مريض قليلًا».

فهز الرجل رأسه بإيماءة صغيرة تدل على موافقته الرأي، ثم نظر خلسة إلى السجان وقال بصوت منخفض:

- إن صاحبك يُمرض أي شخص يجلس معه.

- لا! (رد راؤول وهو خائف)، فقط لأن معدتي تؤلمني قليلًا حقًّا...

- أيضًا من كثرة ما أكلت! (مزح الرجل معه بينما يعيد إليه باقي النقود).

ابتسم راؤول دون رغبة وتساءل عما إذا كان لا يزال لديه على الأقل في المستقبل القريب، أي رغبة في الابتسام، ثم وضع النقود في جيبه وودع النادل وغادر الكافتيريا بخطوات مرتجفة. وعندما وصل إلى الشارع في تلك المدينة التي بدت وكأنها ليست مدينته، أذى ضوء النهار عينيه المهزومتين من جديد.

وفكر في الشمس... والضوء...

وهذا العمى.